# CAPTIVE

## TOME 3

# *Chapitre 1*

Lumière tamisée, mon corps collé contre celui de Zack, je me réveille tranquillement en caressant son bras qui enroule ma taille.

— Bien dormi, beauté ?

Qu'est-ce que j'aime quand il me surnomme ainsi ! J'aime aussi sentir son souffle chaud dans mon cou. Je me tourne vers lui pour faire face à son visage :

— Comme un bébé.

Avec ses yeux encore clos, il dépose ses lèvres sur mon front.

— Tu n'en as pas marre de me regarder tous les matins ? me demande-t-il en replaçant son visage sur l'oreiller.

Un rayon de soleil fait son apparition et atterrit sur ses lèvres.

— Je crois que je n'en aurai jamais marre, que ce soit le matin, le midi, le soir…

— J'ai compris, j'ai compris, tu aimes m'admirer.

Je prends mon oreiller et le lui balance en plein visage, il se contente de sortir un petit rire. J'ai découvert que Zack n'était pas du matin et que c'était dur pour lui de se lever, contrairement à moi qui me sens plus productive dès le soleil levé.

Quelques mèches de ses cheveux ont atterri sur ses yeux encore fermés. J'aime son visage d'homme, avec sa barbe de quelques jours et ses cheveux qui tombent dans sa nuque. Mon Zack a bien changé en huit ans.

— Tu comptes rester au lit encore aujourd'hui ?

— Non, je nous ai prévu un programme pour aujourd'hui, lui réponds-je en me tenant sur mes coudes pour m'élever un peu.

Ses yeux s'ouvrent d'un coup en ma direction, ce qui me fait rire.

Cela fait une semaine que nous sommes enfermés dans son appartement, que nous nous sommes coupés du monde. Cela fait aussi une semaine que je me suis enfuie de mon mariage et surtout que je ne donne aucune nouvelle à ma famille. Je m'en veux, mais je sais que d'ici quelques jours, je ne pourrai plus me cacher. Cette semaine devait être ma lune de miel avec Armand. J'aurais dû être mariée à Armand, cette personne qui a partagé ma vie pendant quelques années, cet homme dont j'ai cru être amoureuse, mais ce n'est rien par rapport à Zack. Et même si j'ai mis du temps à m'en rendre compte, aujourd'hui je le sais. Et j'en suis certaine, Zack est bien l'homme de ma vie. S'il n'était pas réapparu, je serais aujourd'hui liée à la mauvaise personne.

Zack commence à grommeler, je me lève du lit avec comme pyjama, un tee-shirt que je lui ai emprunté dans sa commode.
— Nous devons ranger l'appartement et faire quelques courses aussi car à un moment donné, on va arrêter de se faire livrer tous les repas.
J'attache mes longs cheveux en queue de cheval haute tout en me dirigeant vers les rideaux de la fenêtre pour les ouvrir et faire entrer la lumière extérieure. Je me rapproche de Zack qui vient de cacher son visage en dessous de l'oreiller. J'attrape sa main pour essayer de le tirer du lit.
— Lève-toi ! On a du travail ! ordonné-je en y mettant toutes mes forces.
— Encore cinq minutes !

— Hors de question ! dis-je en lâchant sa main et perdant mon équilibre.
Zack relève sa tête, faisant basculer l'oreiller sur le côté. Il s'agenouille sur le lit et me tend sa main pour m'aider à me relever tout en se moquant de moi.
— Ça va ? me demande-t-il en se retenant de rire.
Je ne réponds pas, même si mes fesses me font horriblement mal. Tout ce qui compte pour moi là, c'est que Zack soit bien éveillé.
— Au moins maintenant, je suis sûre que tu ne vas pas te rendormir, lève-toi ! dis-je en faisant abstraction de ma chute.
Nous nous retrouvons tous les deux dans le salon, pieds nus sur le parquet en bois. Je me dirige vers la cuisine ouverte pour nous préparer notre rituel, nos tasses de café du matin tandis

que Zack s'assoit sur le canapé tout en attachant ses cheveux en queue de cheval.

— Il faut vraiment qu'on range tout ça aujourd'hui ? me demande-t-il.

Je me retourne pour faire un état des lieux de la cuisine et du salon, entre les boîtes vides de nos repas livrés, étalés sur les meubles de la cuisine et la table basse et des vêtements qui traînent sur le sol et sur le canapé. On a de quoi faire.

— Il faut aussi que j'aille chez moi pour récupérer quelques vêtements, dis-je en m'installant à ses côtés tout en lui tendant sa tasse de café.

Je ne le sens pas rassuré sur le fait que je retourne dans la maison où j'ai vécu avec Armand, mais je ne me vois pas m'habiller un jour de plus avec les vêtements de Zack.

— Tu penses qu'il sera là ? me demande-t-il après avoir bu une gorgée.

— Le connaissant, il a dû reprendre son travail ou alors, il est parti voir ses parents.
Armand a toujours été un fils à maman. Dès qu'il avait besoin de conseils ou de réconfort, sa mère était toujours la première personne qu'il appelait. Je le prenais mal à chaque fois, je me sentais nulle de ne pas pouvoir l'aider alors que nous étions un couple.
— Mais avant ça, je vais m'occuper de ça ! ajouté-je en touchant sa barbe du bout des doigts.
— Comment ça ?
Je ne lui réponds pas et m'en vais récupérer le rasoir électrique dans la salle de bain avant de venir m'installer sur ses genoux encore assis sur le canapé.
— Prêt ? dis-je en mettant le rasoir en route.
— Je n'ai pas vraiment le choix apparemment, me répond-t-il peu rassuré par la situation.

Je commence à passer le rasoir sur sa joue. Le voyant grimacer, je me mets à sourire mais me reconcentre aussitôt pour ne pas faire de bêtises. J'aime avoir son regard posé sur moi, il est tellement vrai, je peux voir dans ses prunelles son amour pour moi et il n'y a rien de plus beau. Quand je vois ce que nous sommes devenus en si peu de temps. Quand je repense à nos retrouvailles, à ces sentiments que j'avais pour lui à mes seize ans, qui sont revenus d'une traite en croisant de nouveau son regard il y a quelques semaines... Mon cœur le sait, c'est lui, c'est mon âme-sœur. C'est une sensation tellement intense et en même temps, effrayante que de laisser tomber ma petite vie tranquille pour vivre une aventure avec lui. qu'il m'ait impossible d'imaginer. Il est vrai que j'ai du mal à savoir ce que pourrait donner ma vie avec lui. Est-ce que Zack va devoir cacher sa véritable identité toute sa vie ? Est-ce que je dois dire la vérité à ma famille ? Est-ce que ma famille, surtout, va accepter Zack après ce que je leur ai fait ? Je me pose encore et toujours trop de questions, mais je sais que je vais devoir affronter mes responsabilités et le plus tôt possible sera le mieux.

Après avoir rasé au mieux sa barbe, je l'admire avant de lui passer un miroir de poche qui traîne non loin de nous. Je retrouve le visage de mon Zack d'il y a huit ans.

— Maintenant que tu es tout beau, je vais aller chez moi récupérer quelques affaires.

— C'est ici chez toi !

— Serait-ce une invitation à emménager officiellement avec toi ? lui demandé-je naturellement.

— Peut-être bien.

Je glisse mes bras autour de son cou et l'embrasse de toutes mes forces pour lui faire comprendre le bonheur que je ressens après sa proposition. Nous n'avons pas tout le temps besoin de répondre avec des mots. En un regard ou en un geste, on se comprend tout de suite.
Je me lève et termine ma tasse de café refroidie avant d'aller la déposer dans l'évier. Depuis que je passe mon temps avec Zack, j'ai délaissé le thé pour devenir une grande consommatrice de caféine comme lui.
J'ai du mal à quitter l'appartement. Nous ne nous sommes pas laissés une seule minute depuis une semaine. Je ressens comme une peur, cette peur toujours qu'il m'abandonne encore une fois, comme il y a huit ans. C'était une douleur insoutenable. Je ne pourrai pas vivre cela une nouvelle fois.

— Ava, je serai là à ton retour, me dit-il en prenant mon visage entre ses mains.
Il lit en moi.
— Il y a intérêt.
— Où veux-tu que j'aille ? me demande-t-il.
Je hausse les épaules ne sachant quoi dire.
— Tu es tout ce dont j'ai envie d'avoir à mes côtés pour être heureux. Maintenant que je t'ai retrouvée, maintenant que tu es à moi, je n'ai plus aucune raison de fuir.
Mon cœur est réchauffé et mon angoisse s'est envolée à l'écoute de ses paroles. Il dépose un baiser sur mon front, il sait pertinemment que ce geste me fait fondre. Je décide de m'éloigner de lui et m'habille avec ce que je peux trouver.
— Je te laisse commencer à ranger du coup ! dis-je avant de claquer la porte d'entrée derrière moi.

J'arpente les rues de la ville seule. L'air frais caresse mon visage, j'enroule mes cheveux et enfile ma capuche pour cacher mon visage au maximum, habillée d'un gros sweat bordeaux et d'un bermuda emprunté à Zack. Je me dis que personne ne pourra me reconnaître dans cette tenue et c'est tant mieux.
En arrivant devant la maison, je me dirige vers le pot de fleurs où nous avions caché un double des clés. Il servait pour mes parents ou mon frère quand il venait chez nous en notre absence pour s'occuper des plantes et récupérer le courrier. J'insère la clé dans la serrure, le cœur battant à une allure irrégulière. Je sais pourtant qu'Armand ne peut pas être là, il n'y a que ma voiture de garer dans l'allée. Je rentre discrètement comme si je m'introduisais dans une maison inconnue. Je regarde pourtant autour de

moi, rien n'a changé, comme si je n'avais jamais quitté les lieux.
Je me dépêche de monter à l'étage par peur de croiser Armand, j'attrape ma grande valise à roulettes et me dirige vers mon armoire. Comprenant que toutes mes affaires ne pourront pas rentrer dans la valise, je prends celles qui me serviront le plus. Après l'avoir remplie de plusieurs vêtements et surtout de deux - trois pulls, je m'avance vers la salle de bain pour m'attaquer à mes affaires de toilette ainsi que mon maquillage. En retournant dans la chambre, je me rends compte que mon sac à main est sur ma coiffeuse. Je l'ouvre et découvre que tous mes biens personnels sont à l'intérieur, même mon téléphone. Je ne pensais pas un jour pouvoir m'en passer aussi longtemps. L'écran s'allume et des tonnes de messages et d'appels manqués s'affichent. Ma mère, mon père, Adisson et

même Armand ont essayé de me joindre après ma fuite. L'un d'entre eux a dû retrouver mon sac dans la petite pièce où je m'étais parée de ma robe de mariée. Une douleur s'empare de mon corps, ma gorge se serre et des larmes montent. Maintenant que je me trouve en dehors de mon petit paradis avec Zack, je réalise peu à peu le mal et l'inquiétude que j'ai provoqués auprès de ma famille.

## *Chapitre 2*

Je me retrouve dans l'allée de la maison, cette fois-ci vêtue de mes vêtements, d'un chemisier blanc avec un jean slim bleu. J'ai profité que la maison soit vide pour me changer. J'en ai aussi profité pour déposer ma bague de fiançailles sur la table de la salle à manger. Je ne me voyais pas la garder alors qu'elle n'a plus aucune signification pour moi. Je fouille dans mon sac à main pour y récupérer mes clés de voiture et y déposer ma valise. J'ai dû rester plusieurs minutes au volant de ma voiture avant de mettre le contact. Je ne me laisse pas le choix, je dois aller voir mes parents. Il est temps. Il me faut dix petites minutes pour arriver dans la rue de leur maison. En plein milieu de ce mois de septembre, le temps est d'une nature agréable. J'ai du mal à imaginer leurs réactions en me voyant débarquer sur le seuil de leur maison après cette semaine passée. Mon cœur est lourd, le stress m'envahit de plus en plus, mais je m'interdis de faire demi-tour. Je sors de la voiture et prends une profonde inspiration… D'une main tremblante, je cogne à la vitre de la porte d'entrée qui finit par s'ouvrir sur la silhouette de ma maman.

— Ava ?

Elle me regarde comme si cela faisait des années qu'elle ne m'avait pas vue et qu'elle avait du mal à me reconnaître. Je n'arrive pas à sortir un mot, des larmes montent, je me sens tellement mal devant elle. Elle s'avance vers moi et me prend dans ses bras. Je sens le soulagement prendre le dessus sur le stress grâce à son geste.

— Rentre à la maison, on a des choses à se dire, me dit-elle en s'éloignant de moi.
J'approuve d'un signe de tête et entre pour rejoindre le salon.
— Papa n'est pas là ? demandé-je en séchant mes joues humidifiées par les larmes.
— Il est dans le jardin.
Je sens un mélange de colère et de tristesse dans la voix de ma mère, mais je ne peux pas lui en vouloir. Je regarde par la baie vitrée et aperçois mon père en train d'arroser une plante. Je cogne timidement à la vitre pour lui signaler ma présence. Il met un certain temps avant de réaliser, lâche le tuyau d'arrosage dans l'herbe avant de débarquer dans le salon pour me prendre à son tour dans ses bras.
— Mais où étais-tu ? Nous nous sommes inquiétés avec ta mère !

Sa voix a la même amertume que celle de ma mère. Je les vois tous les deux perturbés de me voir débarquer chez eux.

— Je vous dois des explications, annonçé-je.

Je me sens comme une petite fille qui doit assumer une bêtise qu'elle a commise.

Mon père me fait signe de m'installer sur un fauteuil pendant qu'il prend place, accompagné de ma mère, sur le canapé juste en face.

— Voilà, si je suis partie précipitamment de mon mariage, c'est parce que je me suis rendu compte combien Armand n'était pas la bonne personne pour moi.

Mes parents se regardent gênés, comme s'ils n'osaient pas me dire quelque chose.

— Eh bien, Armand nous a dit que tu avais rencontré quelqu'un d'autre et que cette personne était sûrement plus qu'un ami.

Pourquoi Armand leur a dit ça ? Et comment a-t-il su ? Il est vrai qu'il a toujours eu des doutes sur ma relation avec Zack, enfin Tony, mais je ne le pensais pas capable de venir en parler à mes parents.

— Oui, j'ai rencontré quelqu'un d'autre, lançé-je.

— Et c'est le garçon qui est venu te voir juste avant le mariage ? me demande ma mère.

Je sens qu'elle connaît déjà la réponse, je me contente d'un hochement de tête.

— Et c'est chez lui que tu es depuis une semaine ?

— Oui, il a un appartement à quelques minutes d'ici, réponds-je les yeux baissés.

— Alors, tu étais à côté de chez nous depuis le début et ce n'est que maintenant que tu reviens ? Ava, est-ce que tu es consciente du mal et de l'inquiétude dans laquelle tu nous as

plongés ? Et là, je ne parle pas que de nous, je parle aussi d'Armand !
Le ton de mon père ne fait qu'augmenter au fur et à mesure.
— Est-ce que tu t'es demandé à un moment donné dans quelle situation tu avais laissé Armand en disparaissant de votre mariage comme ça ? me demande-t-il.
— Je sais que j'ai causé beaucoup de tort, et je m'en veux énormément, mais j'ai juste voulu suivre mon cœur et même si c'est arrivé au mauvais moment, je ne le regrette pas ! dis-je en insistant bien sur la dernière phrase.
— Et Armand dans tout ça ? me demande ma mère.
Je sais que pour elle, c'est un choc. Elle l'a tout de suite adopté dans la famille. Mon père aussi bien sûr, mais dès le premier jour, ma mère s'est

bien entendu avec lui. Il faut dire qu'avec un métier en commun, ça aide beaucoup.

— J'irai lui parler. Vous avez raison, il doit aussi savoir la vérité, même si apparemment, il se doutait de quelque chose. Vous savez où il est ?

— Il est parti quelques jours chez ses parents, il revient dans deux jours pour reprendre son travail.

Cela ne m'étonne pas que ma mère soit aussi bien renseignée sur le planning d'Armand.

— Et Adisson est là ? demandé-je en me rendant compte que je ne l'avais pas encore vu débarqué.

— Il est parti réviser chez un de ses amis.

L'ambiance est étrange, mais je ne peux pas leur en vouloir. Aucun d'entre nous ne sait comment réagir.

— Et tu es heureuse avec ce garçon ? me questionne soudain ma mère.

Un sourire serein s'affiche sur mon visage sans que je puisse le contrôler.
— Oui, répondé-je simplement.
— Plus qu'avec Armand ? renchérit-elle.
— Je comprends que vous soyez déçus, mais je me suis rendu compte que j'avais du mal à être vraiment moi-même avec lui, qu'avec Tony, c'est différent.
— Mais tu viens juste de le rencontrer, tu n'as pas peur de te rendre compte que tu as fait une erreur, tout cela s'est quand même passé sur un coup de tête !
Je ne peux pas leur dire la vérité, je ne peux leur dire ce qui nous lie depuis tout ce temps avec Zack. Pas maintenant. Cela ferait trop de dommages encore, je pense qu'il y en a eu assez pour le moment. Zack est pour l'instant Tony aux yeux de tous.

Nous avons continué de discuter pendant une bonne heure encore. Je ne voulais pas les quitter. Je voulais continuer de m'expliquer avec eux et que tout redevienne comme avant, être certaine que rien n'a changé à leurs yeux, mais je ne peux pas en demander autant. Je suis consciente que même aux yeux de mes parents, il va falloir du temps pour accepter mon comportement, mais j'attendrai le temps qu'il faudra.

Je dépose un baiser sur chacune des joues de mes parents. Je promets à ma mère que je serai de retour demain au travail, car même avec tout ça, je ne dois pas négliger ma vie professionnelle et mes patients qui comptent sur moi.

— Tu reviens ici quand tu veux, me rassure mon père.

— Oui, vous pourrez prévenir Adisson de ma venue et qu'il peut de nouveau me contacter,

dis-je en sortant mon téléphone de mon sac pour leur montrer que je l'ai récupéré.
En même temps, je vérifie l'heure et découvre que cela fait plus de deux heures que je me suis absentée de l'appartement.
Mes parents me promettent qu'ils lui passeront le message. Je leur lance un dernier sourire et tourne les talons pour retrouver ma voiture.
Même après avoir discuté longuement avec eux et même s'ils m'ont certifié qu'ils étaient rassurés de me voir heureuse avant tout, je me sens encore mal au fond de moi.

Je rentre épuisée dans l'immeuble de Zack grâce au double des clés que je lui ai emprunté avant mon départ plus tôt dans la journée. Je referme la porte de l'appartement derrière moi et abandonne ma valise ainsi que mon sac à main dans l'entrée. J'enlève mes chaussures et

me rapproche un peu plus de Zack, occupé à cuisiner apparemment. Ma tête collée à son dos, j'enroule sa taille de mes bras, tout en prenant soin de ne pas le gêner dans sa préparation.
— Tu en as mis du temps, me dit-il d'une voix inquiète.
— J'ai été voir mes parents, réponds-je d'une voix tiraillée.
Il se retourne d'un coup, laissant tomber le couteau. Ma tête bascule maintenant sur son torse et ses bras me serrent davantage contre lui.
— Comment ça s'est passé ? me demande-t-il.
— Mieux que ce que j'imaginais, mais ça a été dur de les voir mal par ma faute et d'entendre par quelqu'un d'autre que moi-même, que j'ai déconné.
— Tu regrettes ta décision ?
— Absolument pas !

Je relève la tête pour plonger mes yeux dans les siens. J'aurais dû agir autrement, j'aurais dû quitter Armand correctement. J'aurais dû aller voir ma famille directement après ma décision au lieu de les laisser dans le flou pendant autant de temps comme j'ai pu le faire.
Zack ne trouve rien à me répondre. Il dépose un baiser au sommet de mon crâne et vient y glisser son menton. Je retrouve peu à peu la sécurité et le réconfort dont je ressens le besoin, grâce à la chaleur de son corps et de son odeur.
Pour une fois dans ma vie, j'ai voulu agir égoïstement en faisant passer mon instinct avant tout. J'ai voulu remettre à plus tard mes responsabilités et le face à face avec ceux qui ont été le plus touché par ma décision. En voulant renouer avec mon passé, en voulant rattraper le temps perdu et surtout, en voulant retrouver mon pre-

mier amour, j'ai causé beaucoup de mal autour de moi.

Après un bon repas, nous décidons d'aller nous coucher tôt. Malheureusement pour moi, demain, je devrai reprendre mes responsabilités professionnelles. Je sors de la salle de bain après m'être mis de la crème hydratante et rejoins Zack qui est déjà dans le lit. Je vois ses yeux fixés sur ma cuisse. Seulement habillée de mes sous-vêtements et d'un tee-shirt blanc, je remarque ma cicatrice. Je l'avais oubliée depuis un certain temps, c'est vrai que maintenant cela fait huit ans qu'elle est implantée sur mon corps.

— Je ne sais pas comment tu fais pour m'aimer après ce que mon père a osé te faire, m'annonce-t-il sans lever les yeux de mon entaille.

— Comme tu l'as si bien dit, c'est ton père qui m'a fait du mal, dis-je en m'asseyant au milieu du lit pour me rapprocher de lui.
— Oui, mais j'aurais dû être plus courageux et te sortir de cette cave plus tôt.
Je baisse la tête, des souvenirs de cette période me reviennent et cela commence à me tordre le ventre même après tant d'années.
— Tu vois, tu le penses aussi !
— Oui, c'est vrai. Quand j'étais enfermée dans cette cave, je ne rêvais que d'une seule chose, que tu me libères au plus vite pour pouvoir retrouver ma famille. Mais quand je t'ai découvert un soir avec le visage abîmé, j'ai compris que tu étais prisonnier de ton père autant que moi. Et puis,
ce que je ressentais pour toi prenait le dessus sur le reste, lui confié-je d'une traite.
— Mais cette cicatrice…

— Cette cicatrice fait partie de mon histoire et je l'aime beaucoup, car elle me lie à toi et je n'oublierai jamais que tu m'as sauvé la vie.
— Après t'avoir emprisonnée ! lance-t-il en levant les yeux au ciel.
— C'est ton père qui m'a emprisonnée ! Arrête de penser à ça, tu n'es pas ton père ! Et tu ne le seras jamais, j'en suis sûre.
Je ne pensais pas un jour être celle qui rassure.
— En plus, grâce à tout ça, nous nous sommes rencontrés dans d'étranges conditions certes, mais c'est tout ce qui compte, non ?
— Tu sais que je t'aime ?
— Oui, tu peux continuer de me le dire autant de fois que tu veux, dis-je en m'allongeant à ses côtés.
Il dépose alors ses lèvres sur mon front et je m'endors doucement en écoutant les battements de son cœur.

## *Chapitre 3*

Cela fait dix minutes que je regarde ma tasse de café fumer sur la table devant moi, après m'être maquillée simplement avec du mascara et un rouge à lèvres et m'être habillée d'une robe bleu marine qui me tombe sur les genoux ainsi que d'une veste blazer. Je peux déguster mon petit-déjeuner avant d'entamer ma journée de travail. Je n'ai dormi que trois heures, car j'ai passé la plupart de ma nuit à ruminer la conversation que j'ai eue la veille avec mes parents. Zack lui, dort encore comme un bébé. Je n'ai pas pu m'empêcher par moment de jouer avec ses cheveux, c'est dingue comme rien ne peut le réveiller. J'allume la petite télé du salon et savoure mes tartines beurrées tout en regardant les informations. Je retourne dans la chambre pour me parfumer un peu, et le regarde toujours en train de dormir profondément. De le voir ainsi, ça me donne envie de retourner au chaud sous les draps avec lui. Je me décide quand même à le réveiller pour lui dire au revoir en m'allongeant à ses côtés, avec les rayons du soleil qui traversent les rideaux. Je peux admirer son doux visage.

— Mon amour, je dois y aller.

Il sort un petit grognement. Je dépose un baiser sur une de ses joues lui laissant une trace de rouge à lèvres. Je commence à me relever du lit mais quelque chose attrape mon bras au vol. Zack m'attire contre lui.

— Tu n'as pas le droit de partir, me dit-il en glissant une main dans le dos.

— Je n'ai pas le choix, mais la journée va passer vite, promis.

— Une journée ne peut pas passer vite quand je suis loin de toi.
— Oh, poète dès le matin ! Je lui lance toute souriante.
Ses yeux sont toujours clos et certains de ses cheveux tombent sur son visage.
— Je vais être en retard Zack, lève-toi ! Tu dois aller travailler aussi.
Aucune réponse ne vient. Je m'allonge sur lui pour accéder à son téléphone qui se trouve au sol à côté du lit.
— Qu'est-ce que tu fais ? me demande-t-il.
— Je vérifie que ton réveil soit bien mis!
Zack travaille aujourd'hui comme serveur pour la même personne qui l'avait engagé pour le mariage où nous nous sommes retrouvés. C'est encore un petit travail irrégulier mais c'est en attendant qu'il trouve autre chose. Je me suis

donnée pour mission de le motiver à trouver un véritable travail.
Je repose son téléphone, son réveil sonnera d'ici une heure. Je me relève du lit et attrape mon sac à main.
— A ce soir, me dit-il en se frottant les yeux.
Je lui envoie un baiser et quitte l'appartement à contre cœur.
Je monte dans la voiture et me dirige vers l'immeuble où se trouve le cabinet de ma mère et moi. J'arrive à trouver une place pour me garer juste devant, ce qui est très rare d'habitude. Je pénètre dans le cabinet à l'aide de ma clé et avance vers le bureau de ma mère. J'appréhende de la revoir et de l'ambiance qu'il y aura entre nous.
— Bonjour maman. Je la salue timidement en toquant à la porte.

— Bonjour, ma chérie, me répond-elle toute souriante en me prenant dans ses bras. Prête à reprendre ?
— Bien sûr, dis-je en me décalant d'elle.
Cela me réchauffe le cœur de la voir heureuse, je ne m'attendais pas à un accueil pareil. Nous discutons pendant quelques minutes autour d'un café avant d'entendre la petite sonnerie qui indique l'arrivée d'un patient.
Un dossier à la main, je sors de mon bureau pour aller me servir quelque chose à boire dans la petite cuisine aménagée. En feuilletant un livre, j'entends des voix familières, celles de ma mère et d'Armand. Mais qu'est-ce qu'il peut bien faire ici ?
Je reste comme une imbécile dans la cuisine, à essayer d'écouter leur conversation, mais je suis trop loin pour comprendre leurs phrases entièrement. Ne les entendant plus, j'attrape une

bouteille d'eau et retourne dans le couloir pour accéder à mon bureau.

— Salut, Ava.

Dos à lui, je m'arrête d'un coup.

— Armand ? Mais qu'est-ce que tu fais là ?

— Je m'ennuyais un peu alors j'ai repris le travail un jour plus tôt.

— D'accord et du coup, tu es venu voir ma mère ? lui demandé-je.

— J'avais besoin de son avis pour quelque chose.

— Du coup, tu viens te renseigner auprès d'elle ? continué-je interloquée.

— Cela te dérange ?

Il est d'un calme olympien, il m'impressionne. Il a devant lui la personne qui l'a planté à son mariage pour quelqu'un d'autre, et il n'arrête pas de me sourire.

— Du tout.

Son comportement m'agace de plus en plus. Je déteste cette facette de lui, à faire toujours le fier devant les autres. Je le reprends :

— Vu que tu es là, je voulais te dire que je m'excusais pour le comportement que j'ai eu.

— Tu regrettes ?

— Ce n'est pas ce que j'ai dit.

Je déteste aussi cette manière qu'il a à détourner les choses.

— Mais tu le penses ? Tu as le droit, tu sais.

— Ecoute-moi bien Armand, je ne regrette en rien ce que j'ai fait, c'est même la meilleure décision que j'ai prise de ma vie !

Je commence à m'énerver et je sais au fond de moi que c'est ce qu'il attend.

— Laisse tomber, continué-je en retournant à mon bureau.

Je claque la porte derrière moi et avale plusieurs gorgées de ma bouteille d'eau en pensant naïvement que cela m'aiderait à me calmer. Ma mère fait alors une entrée fracassante dans mon bureau.

— Que s'est-il passé ? me demande-t-elle.

— Rien.

Je passe ma tête dans mes mains pour reprendre mon calme. Je ne veux pas mêler ma mère à ça, je sais le respect qu'elle a pour Armand. Je ne veux pas être celle qui gâche cela.

Je passe le reste de la journée à écouter et conseiller les patients avec qui j'avais rendez-vous, à remplir de la paperasse qui s'est accumulé sur mon bureau pendant mon absence. Je ne m'attendais pas à ce que cette journée soit aussi intense, ma mère m'ayant laissée une heure auparavant pour rejoindre mon père.

J'éteins ma fidèle lampe qui trône sur mon bureau, enfile mon blazer, récupère mon sac à main et quitte à mon tour les lieux. La nuit commence à tomber, la fraîcheur commence à faire son apparition. Je resserre ma veste pour essayer de me réchauffer avant de verrouiller la porte et de rejoindre ma voiture.

Je me retrouve dans la cuisine pour préparer le repas du soir, et découpe les légumes disposés sur le plan de travail. Par moment, je jette un coup d'œil vers Zack qui est allongé dans le canapé, un bras derrière la tête, concentré sur la lecture d'un livre que j'ai ramené dans ma valise.

Une fois le repas prêt, je remplis nos assiettes que j'amène sur la table basse, m'agenouille face à mon repas et secoue gentiment Zack pour le sortir de sa lecture. Je lui demande alors en le regardant glisser du canapé vers moi :

— Je ne t'ai même pas demandé comment s'est passée ta journée ?
— Assez chargée et j'ai peut-être …
Un frappement à la porte coupe Zack dans sa lancée.
Nous nous regardons tous les deux.
— Tu attends quelqu'un ? Je l'interroge en connaissant déjà la réponse.
Il me répond d'un signe de tête négatif. Je décide alors de me lever pour aller ouvrir à la personne derrière la porte.
Je reste bouche bée en découvrant que mon petit frère se trouve devant moi.
— Adisson ?
— C'est bien moi, oui, me répond-t-il d'un sourire.
Je me rapproche de lui pour me caler dans ses bras. Mon frère m'a tellement manqué. Cela fait un peu plus d'une semaine que nous sommes

restés sans nouvelles l'un de l'autre. Nous avons toujours été fusionnels tous les deux, encore plus après ma captivité. Je lui demande en réalisant sa venue :

— Mais qu'est-ce que tu fais ici ?

— J'ai voulu venir te voir au travail après que maman m'a informé que tu étais passée à la maison et quand je t'ai vue sortir tout à l'heure en étant pressée, je me suis dit que tu rejoignais sûrement ton nouveau copain, me dit-il en cherchant du regard Zack resté à table un peu plus loin.

C'est le moment. Je dois officiellement présenter Zack à Adisson. D'un côté, cela me fait plaisir de pouvoir lui parler de cet homme qui fait battre mon cœur depuis tant d'années mais de l'autre, je m'en veux de devoir lui mentir sur la nature de notre rencontre.

— Tony, enchanté, annonce Zack en arrivant et tendant une main à mon frère pour le saluer.
Je suis surprise par la facilité que Zack manifeste à venir vers nous. C'est vrai que je n'ai jamais vraiment eu l'occasion de le voir en société.
— Adisson. Je suis le petit frère d'Ava, répond mon frère en acceptant la poignée de main.
— Je t'en prie rentre, dis-je.
Les garçons se lâchent la main et Adisson découvre petit à petit le salon. Je referme la porte et lui propose de s'installer dans le fauteuil d'un geste de main. Avec Zack, nous réintégrons nos places.
— Alors, c'est ici que tu vis maintenant ? demande Adisson en ne cessant de regarder tout autour de lui.

C'est vrai que la décoration de l'appartement de Zack n'a rien à voir avec l'ancienne maison que j'occupais avec Armand.
— Et du coup, tu es la personne pour qui ma soeur a quitté l'autre ?
Zack se sent mal à l'aise. Je vois qu'il ne sait pas comment prendre le ton sur lequel Adisson vient de lui parler. Pour le rassurer, je m'approche de lui en souriant.
— Ne t'en fais pas, Adisson n'a jamais pu accepter Armand.
— Ça, c'est sûr ! lance-t-il en écarquillant les yeux.
Collé au torse de Zack, je peux le sentir se détendre.
— Tant que tu n'es pas aussi con que lui, il n'y aura aucun souci entre nous, poursuit-il.
Adisson n'a que vingt ans et pourtant, il a une aisance avec les autres personnes. J'admire la

confiance qu'il a en lui, j'ai toujours rêvé d'être comme cela. Il faut dire que j'ai toujours été une fille timide et ma captivité, qui a duré quelques mois, n'a rien aidé à cela. Même si elle m'a permis de faire la connaissance de Zack, il reste quand même des séquelles.

— Il n'y a aucun risque là-dessus, répond Zack.

Sur cette réponse encourageante, Adisson a voulu en apprendre plus sur mon compagnon. Bien évidemment, nous avons dû lui mentir et je ne devais pas faire de gaffe non plus sur son prénom.

— Tu veux te joindre à nous pour le dîner ? lui demandé-je sans me préoccuper de l'avis de Zack.

En voyant leur complicité depuis quelques minutes, je me dis que Zack ne serait pas contre.

— Pourquoi pas, répond-t-il en enlevant sa veste pour la déposer sur l'accoudoir du fauteuil.
— Tu veux une bière ? lui propose Zack.
Adisson acquiesce aussitôt.
— Tu comptes lui dire qui je suis réellement ? me demande-t-il alors discrètement en arrivant vers moi.
— Je sais pas encore, lui réponds-je en sortant une assiette d'un placard en hauteur.
— Je sais que je te mets dans une situation compliquée et ça m'embête. Je ne veux pas que tu sois malheureuse à mentir sans cesse à tes proches à cause de mon passé.
— Zack, tout va bien. Oui, c'est compliqué mais je le fais pour nous et s'il faut mentir pour que l'on reste ensemble alors je continuerai, chuchoté-je pour ne pas qu'Adisson m'entende.

Zack acquiesce ma décision et m'aide à servir l'assiette d'Adisson après avoir sorti une canette de bière du réfrigérateur. Je lui dépose un baiser sur les lèvres avant de lui sourire et de prendre l'assiette pour rejoindre mon frère.

— Mais du coup, comment as-tu fait pour me suivre ?

En posant le repas devant lui, je réalise que je suis rentrée du travail en voiture.

— Je suis à vélo, j'ai réussi à te suivre jusqu'à l'immeuble. Après, j'ai attendu de voir si tu allais ressortir, puis je t'ai reconnue à la fenêtre de l'immeuble. Alors quand une personne est sortie, j'en ai profité pour me faufiler à l'intérieur et me voilà.

Cette fameuse fenêtre, c'est vrai que l'on peut nous voir facilement de la rue.

— Alors dites-moi, comment vous êtes-vous rencontrés ? nous demande Adisson après avoir avalé une bouchée de son assiette.
Zack attrape sa bière pour en boire quelques gorgées. Sa réaction me fait comprendre que c'est à moi de lui répondre.
— A un mariage, Zack était l'un des serveurs et voilà, dis-je sans savoir comment finir ma phrase.
— Et voilà ? insiste Adisson.
— Et toi, tu as quelqu'un dans ta vie ? Je l'interroge pour changer de sujet.
Je sais très bien qu'il ne me répondra pas, mais que cela lui ferait comprendre qu'il n'en saura pas plus.
— Très bien, j'ai compris, dit-il en continuant son repas.
J'attaque de nouveau mon assiette aussi avant qu'Adisson enchaîne sur un autre sujet.

— Il faut que je te parle de quelque chose, Ava.
— Qu'est-ce qu'il y a ?
— C'est à propos d'Armand, j'ai l'impression qu'il essaie de te mettre les parents à dos.
— Je ne suis même pas surprise, je lance un regard à Zack avant de poursuivre. Je l'ai vu ce matin avec maman.
Je sais qu'il va m'en vouloir de ne pas lui en avoir parlé, mais je ne veux pas qu'il s'énerve pour rien.
— Apparemment, il avait besoin d'un conseil et la seule personne qu'il ait trouvé, c'est notre mère.
— Il est venu après ton mariage chez nous. Enfin, après ta fuite, dit-il pour se reprendre comme s'il avait dit un gros mot. Et il n'a pas arrêté de s'apitoyer sur son sort auprès des parents.
— Qu'est-ce qu'il a dit ?

— Je n’ai pas tout entendu, j’en ai eu vite marre, mais il a parlé du garçon pour lequel tu l’as quitté. Qu’apparemment, cela durait depuis des mois et qu’il avait tout fait pour que tu restes près de lui.
Je n’en crois pas mes oreilles. Je le savais capable de beaucoup de choses mais pas au point de mettre la pagaille dans ma famille.
Je passe le reste de ma soirée en compagnie de Zack et de mon frère. Je suis contente de voir qu’ils s’entendent bien, cela me change de la relation qu’avait mon frère avec Armand. Il ne pouvait jamais passer plus d’une soirée dans la même pièce que lui.

Cela se passe tellement bien entre nous que j’en oublie le lourd secret qui nous unit Zack et moi. Adisson nous quitte au bout de trois heures de présence mais en découvrant leur complicité, je me dis qu'il va revenir sans problème d'ici très peu de temps. A la porte d'entrée, tandis que je suis seule avec mon frère, il me prend dans ses bras et me lance un « je le valide, lui ». Je lui sors mon plus beau sourire et le regarde descendre les escaliers.

— Ça va beauté ? me demande Zack en me rejoignant au lit.
— Oui, dis-moi. Tu as bien parlé avec mon frère, je n'ai pratiquement pas eu mon mot à dire de la soirée, dis-je encore heureuse de cette rencontre.
— Tu te souviens quand tu me parlais de lui il y a huit ans ? Tu me disais tout le temps que l'on s'entendrait bien. Tu en as eu la preuve ce soir, me dit-il en se collant à moi.

Il a raison. Cela me faisait du bien de parler des membres de ma famille quand j'étais attachée dans la cave de la maison de mon kidnappeur. Je me souviens que la seule chose que j'attendais en plus d'être libérée, c'était la venue de mon Zack pour me tenir compagnie. La dernière chose que j'aurais imaginé en étant enfermé dans cet endroit, c'était de tomber petit à petit amoureuse du fils de l'homme le plus cruel que je connaisse.
— Je t'aime.
Et je ressens toujours cette même sensation quand il prononce ces mots.

## *Chapitre 4*

Une semaine s'est écoulée depuis la reprise de ma vie quotidienne. Hormis mes nouvelles habitudes avec Zack, rien n'a changé dans ma vie. J'ai retrouvé mes patients. Ma relation avec Adisson est redevenue intacte. Je partage à nouveau mes petits moments avec ma maman comme avant. Je suis rassurée de voir que le mal que j'ai pu causer, s'est atténué peu à peu. Hier soir, mon frère est venu nous voir en nous ramenant à manger ainsi que sa console pour initier son nouvel ami au dernier jeu vidéo à la mode. Du coup, j'ai été laissée de côté toute la soirée, ce qui m'a permis de terminer un livre dans mon lit en les entendant par moment hurler leur victoire. Quand je l'ai senti se coucher près de moi, le réveil affichait cinq heures du matin. J'ai même cru sentir une petite odeur de cigarette, il a dû en profiter avec mon frère. C'est vrai que j'essaye de le freiner avec ça, mais pour une soirée, je ne peux pas lui en porter préjudice. Je me rendors pendant quelques heures et me réveille une seconde fois, cette fois-ci enroulée dans les bras de Zack. Je tente de me glisser hors du lit sans le réveiller pour aller prendre mon petit déjeuner. Je profite de cet instant, seule, pour me caler dans le canapé avec ma tasse de café et zapper une à une les chaînes de la télévision quand Zack arrive dans le séjour, les cheveux en bataille et l'air encore endormi.

— Tu as passé une bonne soirée ?

Il me répond les yeux mi-clos, d'un simple hochement de tête. Je le regarde se servir un café avant de venir s'installer à mes côtés. Zack pose sa tasse fumante sur la table basse et s'allonge sur le canapé en posant sa tête sur mes cuisses nues. Je plonge alors ma main libre dans ses cheveux.

Tout en jouant avec quelques mèches, je termine mon café devant les dessins animés.

— Il faut que je te dise quelque chose, m'annonce-t-il tout en se relevant d'un coup en me faisant peur et en manquant de faire tomber la tasse de ma main. Tentant de reprendre le contrôle des battements de mon cœur, je lui demande :

— Qu'est-ce qu'il y a ?

— J'ai été officiellement embauché !

Je reste bouche bée à cette annonce.

— Tu entends Ava, j'ai un vrai travail maintenant, avec un contrat et tout ce qui va avec !

Zack a appris la veille qu'il était officiellement embauché pour un mi-temps en tant que serveur dans un restaurant. L'homme qui lui propose de temps en temps du travail au noir lui a signifié qu'un de ses employés avait dû quitter son poste, alors Zack a sauté sur l'occasion. Je suis tellement fière de lui, de l'homme qu'il est devenu. Son évolution m'impressionne tous les jours, car la vie ne lui a pas toujours fait de cadeau. Entre une mère qui l'abandonne du jour au lendemain pour refaire sa vie avec un autre homme et un père qui devient fou et tueur de surcroît. Ni lui ni moi n'aurions cru qu'il en serait arrivé là aujourd'hui.
Je le prends dans mes bras et lui dépose des dizaines de baisers sur ses lèvres. Je ne suis pas très douée pour lui dire les choses mais je fais toujours en sorte de lui montrer à quel point je

suis heureuse d'être celle qui fait battre son cœur.
Je laisse à mon gré Zack pour aller me préparer dans la salle de bain. J'ai quelques rendez-vous dans l'après-midi avec des patients. J'embrasse encore Zack toujours sur le canapé et m'empresse de me changer pour ne pas être en retard.

J'ai décidé de me lever tôt aujourd'hui alors que je ne travaille pas mais je tenais à acheter de nouvelles choses pour l'appartement. Maintenant que je vis officiellement avec lui, j'aimerais y ajouter ma petite touche pour la décoration. Je quitte la salle de bain après m'être apprêtée d'une longue robe crème et m'être maquillée en restant le plus naturel possible.
Comme tous les matins, Zack a du mal à émerger et comme à chaque fois, je ne lui laisse pas le choix de se lever.

— Debout ! Nous avons un salon à décorer ! Lancé-je en lui enlevant la couverture.
Zack me lance un des oreillers en plein visage et en profite pour se lever et m'attraper le bras afin de me tirer vers lui. Je tombe sur le lit tandis qu'il m'enroule de ses bras et de ses jambes comme un koala et commence à me chatouiller les côtes.
— Plus jamais tu me réveilles comme ça, me taquine-t-il en rigolant.
— Sinon quoi ? Je le soutiens du regard en tentant de garder mon sérieux.
Il me serre un peu plus contre lui et augmente les chatouilles, j'explose de rire. Cette sensation est à la fois affreuse et en même temps, je ne peux pas m'arrêter de pleurer de rire.
— Excuse-toi !
— Je suis désolée.
— Tu ne le feras plus jamais ?

— Plus jamais !
Je sais que je n'ai pas le choix que de lui obéir, je veux juste qu'il arrête de jouer avec mon point faible.
— Promis ?
— Oui, oui, promis, dis-je à bout de souffle.
Il éloigne sa main de mes côtes, je peux enfin arrêter de rire. Zack relâche sa pression sur moi et je reprends peu à peu mon souffle tout en séchant les larmes qui inondent mes joues.
— J'en ai la preuve maintenant, tu n'es vraiment pas du matin, dis-je en me redressant pour me recoiffer correctement.
Il me lance son plus beau sourire et me rallonge pour se mettre sur moi et m'embrasser. Je relève alors ses cheveux qui tombent sur mon visage et profite de ses lèvres sur les miennes.

— Mon amour, il faut vraiment que tu te lèves, je veux qu'on aille faire les magasins, dis-je entre quelques baisers.
Il ne me répond pas et continue de m'embrasser tout en faisant glisser ses mains sur mon corps. Je vois où il veut en venir.
— Non, non, non, on va faire les magasins, insisté-je.
— On fera ça plus tard, continue-t-il en m'embrassant sans s'arrêter.
— Arrête de procrastiner tout le temps, lui dis-je en mettant mes mains autour de son cou.
— De quoi ? me demande-t-il en s'appuyant sur ses coudes pour me faire face.
— Merde, j'ai dû dire un mot trop compliqué pour toi, dis-je en me retenant de sourire.
C'est alors qu'il lève une main pour me faire comprendre que je suis à deux doigts de subir une nouvelle fois une attaque de chatouilles.

— Fais attention ! me dit-il en levant une main pour me faire comprendre que j'étais à deux doigts de subir une nouvelle fois une attaque de chatouilles.
— Pardon, pardon, ça veut dire qu'il faut que tu arrêtes de tout mettre à demain, lui expliqué-je.
— Tu vois que tu peux utiliser des mots simples, me dit-il en se relevant.
Je me redresse une nouvelle fois et quitte le lit pour remettre la couverture correctement. Zack en profite pour prendre des vêtements dans la commode et se préparer. J'en profite pour faire le tour de l'appartement pour voir ce dont on a besoin pour améliorer cet intérieur. Je me remémore quand il y a quelques mois encore, je choisissais avec Armand la décoration pour la maison. Aujourd'hui, je veux faire quelque chose de totalement différent avec Zack. Avec Armand, nous étions vraiment dans un style un

peu superficiel, qui ne me ressemblait pas. Je m'en suis rendu compte au fur et à mesure. Après ses études, Armand a commencé à aimer les belles choses. C'est vrai que nous avions des salaires confortables qui nous permettaient de nous faire plaisir, mais par moments, j'aurais aimé qu'il se contente de simples choses et non qu'il rentre petit à petit dans ce monde illusoire.
— Tu es prête ?
Zack me sort de mes pensées en claquant des doigts devant mes yeux.
Nous sortons de l'immeuble et rejoignons ma voiture garée à quelques mètres. Zack en profite pour connecter son téléphone sur le tableau de bord afin d'écouter sa playlist. Il est tout fier de me faire découvrir les musiques qu'il avait téléchargées dernièrement, même si ce n'est pas le style que j'écoute habituellement. Je m'y fais rapidement.

Après avoir acheté quelques trouvailles comme une belle lampe avec un abat-jour beige ou une bibliothèque toute simple pour que je puisse ranger tous mes livres encore entassés dans des cartons, Zack lui se contente de me suivre et de s'amuser avec le caddie dans les rayons, sans vraiment se préoccuper des objets que je dépose à l'intérieur.

— Ava, tu es quand même au courant que nous vivons dans un soixante mètres carrés ? Parce que là, avec tout ce que tu nous fais acheter, on ne va plus pouvoir circuler, me dit-il en pointant du doigt le caddie qui commence à déborder.

— Ne t'en fais pas, je gère, lui réponds-je avec assurance.

Il lève les mains pour me faire comprendre qu'il m'a bien prévenue. Je l'admire une dernière fois de haut en bas, avec son bomber kaki, sa cas-

quette noire et ses cheveux qui dépassent de sa nuque. Je le trouve encore plus beau chaque jour.
— Tu admires encore ma beauté ? Tu n'en as vraiment pas marre ? me demande-t-il tout fier sans se préoccuper des personnes qui gravitent autour de nous.
Je ne prends pas la peine de lui répondre sachant très bien que je vais gonfler son égo une fois de plus.
Arrivés à la caisse, je vide le caddie sur le tapis et commence à sortir mon portefeuille pour payer nos achats mais Zack me devance et tend plusieurs billets à la caissière après avoir regardé le montant affiché sur l'écran.
— Zack…
— C'est notre chez nous, je dois aussi participer, me souligne-t-il.

Cela me fait plaisir et me gêne aussi. Je sais qu'il n'a pas grand-chose. Jusqu'à présent, il ne vivait que de petits boulots par-ci, par-là, à faire le serveur dans des cérémonies. Je sais que ses économies sont maigres par rapport aux miennes, mais je sais aussi qu'il a horreur d'être entretenu d'autant plus si c'est moi.

Après avoir tout agencé comme je le souhaitais, nous nous accordons une petite séance cinéma dans notre salon. En faisant le tour des rayons, Zack a trouvé un rétroprojecteur qu'il m'a tellement bien vendu que je n'ai pas pu le lui refuser malgré le prix exorbitant. Il installe tout ce qu'il faut. Enfin, le mur blanc fait place au gros plan du personnage principal du film. Je ferme les rideaux pour atténuer la lumière du salon et rejoins Zack qui est déjà allongé sur le canapé. Je me trouve une petite place en me collant à son corps. Son parfum qui embaume mes narines et ses doigts qui caressent mes cheveux, je ne pouvais pas être mieux pour faire découvrir mon film préféré à celui que j'aime !

C'est alors qu'on tambourine à la porte d'entrée. J'ai tout de suite pensé que c'était Adisson qui voulait encore venir squatter chez nous. Je me lève à contre cœur car je sais très bien que Zack ne le fera pas. Ce garçon pourrait être parfait sur tous les points mais alors dès qu'il se trouve dans un lit ou dans un canapé, il devient tout de suite paresseux et je ne peux rien lui demander.

— Attends, attends ! m'intercepte Zack.

— Quoi ? dis-je en me retournant vers lui.

— Tu ne m'as pas fait de bisou !

Je lui souris et m'avance vers lui pour déposer mes lèvres sur les siennes. Ses mains attrapent ma nuque pour m'empêcher de repartir.

— Il faut que j'aille ouvrir, l'interromps-je en entendant de nouveau frapper à la porte.

Je me précipite vers l'entrée en m'apprêtant à saluer mon frère quand je suis stoppée dans mon élan en découvrant qu'il s'agit de trois hommes en uniforme face à moi.

— Est-ce-que Zackary Sadena est ici ? commence l'un deux en me présentant sa carte de police.

Il ne m'a pas fallu une seconde de plus pour reconnaître cet homme. Les mêmes gestes, la même forme de visage, seules quelques rides sont venues creuser son visage. C'est le même policier qui était venu me voir huit ans plus tôt à l'hôpital après mon évasion. Et je sens dans son regard noir qu'il sait très bien qui je suis. La panique commence à prendre le contrôle de mon corps.

— Qui est-ce ?

En entendant la voix de Zack au loin, je ferme les yeux. Mon monde est en train de s'écrouler. Comment a-t-il pu savoir que Zack se trouvait ici ? Hormis moi, personne n'est au courant de sa véritable identité.

— Monsieur Sadena, vous êtes en état d'arrestation ! continue le même homme.

Il donne signe à un de ses collègues de menotter Zack, ce qui me fait sortir de mes gonds.

— Mais qu'est-ce que vous faites ?

J'essaie de me frayer un chemin entre ces hommes pensant naïvement qu'avec mes cinquante kilos, je puisse en arrêter deux.

— Ava, laisse tomber.

Je lance un regard à Zack perdue, je ne comprends pas pourquoi il n'essaie pas de se défendre.
— Vous me posez vraiment la question ? me demande l'homme en m'attrapant le bras pour m'éloigner de Zack.
Le regard de cet homme plongé dans le mien, je comprends qu'il a compris toute l'histoire.
— Il n'a rien fait !
Moi-même, je ne crois pas ce que je suis en train de dire.
— Je vous attends demain au commissariat, j'aurais des questions à vous poser. On y va, continue-t-il en se tournant vers Zack et ses collègues.
— Zack… commencé-je.
— Ava, tout va bien se passer.
Comment cela pourrait-il bien se passer ? Comment peut-il être aussi calme ?

Je regarde stoïque celui que j'aime se faire emmener vers les escaliers pour quitter l'immeuble. Chacun de ses bras est tenu par un homme, je ne comprends pas son calme, il est en train de se faire embarquer par la police, il sait aussi bien que moi que c'est à cause de ce qui nous lie. Ne les voyant plus, mes yeux donnent autorisation à mes larmes de couler, je n'entends plus que les battements de mon cœur. Une boule se crée peu à peu dans ma gorge. Hors de contrôle, je flanque la porte d'entrée, et me dirige vers la cuisine pour regarder par la fenêtre. Je le vois rentrer dans la voiture de police, il me lance un regard comme s'il avait deviné que je m'y posterais. J'ai l'impression de me retrouver huit ans en arrière. Une nouvelle fois, Zack m'échappe, une nouvelle fois, je reste dans le flou de le revoir un jour. La rage me

prend une nouvelle fois, je jette au sol tous les objets qui se trouvent à portée de main.
La vie ne peut pas me l'enlever une fois de plus, pas après nos retrouvailles, pas après nous avoir réunis. Je ne pourrai pas vivre une nouvelle séparation brutale, mon coeur ne pourra pas le supporter, c'est impossible. Zack est mon âme sœur, il est l'homme avec qui je veux tout vivre. S'il n'est plus là, s'il termine en prison, ma vie n'a plus aucun sens.

Assise sur le sol, le dos contre la porte d'entrée, mes larmes ne s'arrêtent pas de couler, j'attrape mon téléphone qui se trouve dans mon sac à main sur la petite table non loin de moi et compose un numéro.
— Ava ? sort la voix à l'autre bout du fil après deux sonneries.
— Il faut que tu viennes.

## *Chapitre 5*

— Qu'est-ce qu'il s'est passé ici ?
Adisson découvre l'état de la cuisine. Ma rage évanouie, je me rends compte que je me suis pas mal défoulée. Et cela ne m'a même pas aidé à évacuer cette douleur qui tord chaque centimètre de mon corps. Les yeux encore embrumés, je propose à mon frère de s'installer dans le canapé à mes côtés. Maintenant que je lui ai demandé de venir, je lui dois des explications.
— Tu es le seul qui peut m'aider, lui dis-je en reniflant.
— Tu m'inquiètes Ava.
— C'est à propos de Zack…
— Quoi ? Mais c'est qui Zack ? m'interroge-t-il.

Je vois Adisson totalement perdu par mes propos. Mes larmes recommencent à couler à l'entente de son prénom.
— Tony s'appelle en réalité Zack et il est le fils de mon kidnappeur.
Je lâche cela en fermant les yeux. Je ne me sens pas capable de voir sa réaction.
— Tu le savais ?
— De quoi ? demandé-je d'une voix fébrile en ouvrant les yeux.
— Qui il était avant de le rencontrer ?
Son visage est devenu rouge, son regard noir, je vois sa colère monter.
— Oui, je l'ai connu durant ma captivité. Il s'occupait de moi quand son père était absent.
Adisson reste muet, je décide quand même de continuer sur ma lancée.

— Je suis tombée peu à peu amoureuse de lui, c'était très étrange ce qu'il se passait entre nous…
— Alors qu'à cause de lui, tu étais détenue dans une cave ? Lui aussi t'a fait du mal ?
— Zack ne m'a jamais fait de mal, lui réponds-je directement, refusant qu'il se fasse cette image de lui. Il n'avait juste pas le choix.
— Comment ça, pas le choix ?
Adisson sort un paquet de cigarettes de la poche de son jean, son regard est noir, ses sourcils froncés et les veines de ses mains se gonflent peu à peu. Je le sens en colère mais il se retient pour connaître la suite de l'histoire
— Son père le frappait aussi, dis-je en tendant une main pour qu'il me donne une cigarette aussi.
Je vois bien que rien de ce que je peux lui dire ne le calme, mais la dernière chose que je sou-

haite, c'est qu'il déteste Zack, pas après les avoir vus ensemble. Je sais qu'ils pourront être de vrais amis un jour.
— Tu entends Adisson, son père le frappait, le menaçait, mais ce que tu dois retenir surtout, c'est qu'il m'a aidée à me libérer, c'est lui qui m'a conduit à l'hôpital…
— Et cela fait de lui un héro ?
Il me tend son briquet au même moment, sa cigarette dans son autre main, il laisse une bouffée de fumée sortir d'entre ses lèvres.
— Tu ne veux pas essayer de comprendre ? lui demandé-je en essayant de garder mon calme.
— Mais Ava, est-ce-que tu te rends compte de ce que tu m'annonces ?
— C'est vrai, je suis désolée.
Il a raison, cette histoire est irréelle. Qui pourrait croire que je suis tombée amoureuse de celui qui a participé à mon kidnapping ? Que cette

même personne a disparu pendant des années et est revenu comme ça du jour au lendemain pour moi. Cela n'arrive que dans les fictions.

Je vois mon frère se lever avec ma vision brouillée par mes larmes, il fait les cent pas. Seul le bruit du parquet qui grince sous les pas de mon frère, se fait entendre dans la pièce. Je ne sais pas quoi dire de plus, je me concentre sur la fumée qui sort d'entre mes lèvres. Le silence ne se rompt pas jusqu'à la fin de ma cigarette que j'écrase dans le cendrier posé sur la table basse.

— Je comprendrais que tu ne veuilles pas m'aider Adisson, mais je ne le laisserai pas tomber, c'est grâce à lui que je suis en vie aujourd'hui. Je ne pourrai jamais l'oublier et je ne peux pas rester à rien faire.

Mon frère s'arrête net devant moi, se penche vers la table basse pour écraser son mégot à son

tour avant d'appuyer ses mains sur la table et me fixe d'un regard plein d'attentions :
— Je vais t'aider bien sûr.
Je fonds en larmes. Ce sont exactement les mots que mon cœur avait besoin d'entendre pour s'alléger.
— Merci, dis-je en séchant mes larmes.
Je peux voir aussi que ses yeux sont plus humides que d'habitude, je sens que mon état, ma situation l'inquiète.
— Je le fais pour toi, parce que tu as besoin d'aide, mais cela ne veut pas dire que s'il s'en sort, tout redeviendra comme avant.
— S'il ne s'en sort pas, je ne sais pas si je pourrai le supporter.
Mon souffle commence à se saccader, mon corps commence à me lâcher peu à peu. Rien que d'imaginer la suite de ma vie sans Zack, je perds mon équilibre, mon cœur palpite. Une

crise d'angoisse commence à prendre possession de mon corps.

— Ava, calme-toi !

— J'y arrive… Je n'y arrive pas… dis-je entre deux souffles douloureux.

Comme si une boule se créait dans mon thorax, la panique ne s'arrête pas de monter. Adisson s'en va, j'entends l'eau du robinet couler et je le vois revenir vers moi avec un verre à la main qu'il me tend. Les mains tremblantes, j'arrive à peine à tenir l'objet. Adisson le récupère avant que je le lâche et le porte à mes lèvres pour que je puisse avaler quelques gorgées d'eau fraîche.

— Ça va aller… dit-il en me caressant le dos pour me réconforter.

Je reprends enfin ma respiration correctement, mon cœur lui se remet à battre à une vitesse normale.

— Ecoute-moi bien !

Adisson s'agenouille face à moi, il dépose ses mains sur chaque accoudoir du fauteuil pour tenir en équilibre.
— Personne ne doit être au courant de la véritable histoire à partir de maintenant. Si quelqu'un te pose des questions, tu connais Zack que depuis quelques semaines, tu ne connaissais rien de lui auparavant, termine-t-il d'une voix ferme.
J'acquiesce et reprends le verre d'eau sur la table basse pour le terminer d'une traite.

Me voici maintenant devant le commissariat de police. Mon frère m'a forcée pour que je m'habille et me maquille un minimum afin d'être présentable.
Je me dirige vers la personne qui se trouve à l'accueil pour m'annoncer.

— Très bien, je vais prévenir le commandant de votre arrivée. Vous pouvez vous installer sur une des chaises là-bas, me dit-il en pointant un petit coin de la pièce où trônent trois chaises.
Cet endroit est sinistre, j'en ai horreur. C'est vrai que depuis mon kidnapping, j'ai horreur de tous les endroits où il y a peu de luminosité, où c'est restreint. Depuis des années, je suis phobique de tout ce qui peut me rappeler mon enfermement. Adisson m'a promis qu'il ne me laisserait pas tomber. Je me sens chanceuse de l'avoir dans ma vie et surtout que toute cette vérité sur Zack ne le fasse pas fuir. Car si lui m'abandonne, je ne saurais vers qui me tourner pour m'aider. Avant de me laisser devant l'immeuble pour rentrer chez les parents, il m'a dit qu'il chercherait des solutions, que l'un de ses amis de l'Université a un père avocat, qu'il

pourrait lui en toucher un mot ou deux, mais qu'en aucun cas, on allait lâcher Zack.

— Mademoiselle Mary ?

Je secoue la tête après avoir entendu mon nom de famille. Le commandant se tient debout, juste devant moi.

— Vous me suivez ?

J'acquiesce tout en remontant la bretelle de mon sac en bandoulière qui a dû glisser de mon épaule pendant que je me suis évadée dans mes pensées. Je suis les pas du commandant qui nous emmène jusqu'à un bureau, encore plus sombre et étroit que l'accueil. Je m'assieds devant le bureau et lui, de l'autre côté sur une chaise à roulettes qui devait être là depuis des siècles vu l'état du dossier et le grincement que font les roues sur le sol.

— Alors, avez-vous des choses à dire avant que je vous pose des questions ?

Je réponds négativement de la tête tout en faisant une petite grimace avec ma bouche pour bien lui faire comprendre que je ne sais pas où il veut en venir.

— Zackary Sadena, vous le connaissez depuis combien de temps ?

— Quelques semaines, réponds-je du tac au tac.

— Vous êtes sûre ?

— Certaine oui, nous nous sommes rencontrés au mariage d'amis de mon ancien fiancé, continué-je.

— Zackary Sadena est le fils de Jorge Sadena. Ces hommes ont participé à votre enlèvement il y a quelques années ainsi qu'aux meurtres d'autres jeunes femmes. Je n'arrive pas à comprendre pourquoi vous le protéger.

— Je sais qui m'a enlevée, et je peux vous assurer qu'il n'y avait qu'un seul homme et personne d'autre !

Je reste de marbre face à celui qui ne me lâche pas du regard. Croyez-moi, je ne craquerai pas, je serai capable de tout pour sortir Zack de ce merdier !

— Vous savez il y a huit ans, quand je suis venu vous interroger dans votre chambre d'hôpital, j'ai eu du mal à croire à votre histoire, à votre évasion, comment vous êtes arrivée ici. Tout était beaucoup trop trouble.

— Pourtant, tout était vrai !

Nous continuons cette conversation insoutenable pendant encore de longues minutes. Il n'a rien de tangible contre moi, aucune preuve matérielle ou autre pour me retenir plus longtemps. Il me laisse enfin sortir de son bureau, je ne sais pas comment j'ai pu faire pour rester autant de temps dans cette aussi petite pièce.

— Vous savez que vous êtes dans l'obligation de rester en ville le temps du jugement, précise-

t-il en m'accompagnant dans le couloir en direction de l'accueil.
Je me retourne d'un coup pour lui faire face.
— Je n'ai aucune raison de quitter la ville, Zack a besoin de moi, je ne le laisserai pas tomber !
Sur ces mots, je reprends mon chemin et quitte le commissariat sans me préoccuper de la réponse du commandant. Je prends une énorme bouffée d'air et lâche toute cette tension qui s'est accumulée pendant ce long moment.

Je me retrouve seule dans cet appartement trop silencieux à mon goût. Les pas lourds de Zack me manquent, sa musique qui résonnait dans le salon, les objets qu'il faisait tomber par maladresse… Je ressens des larmes qui souhaitent s'aventurer sur mes joues et décide d'allumer la télévision, accompagnée d'une tasse de thé pour essayer de me détendre. L'écran illumine le séjour, le soleil a laissé sa place à la lune et à l'assombrissement de la nuit.

« C'est la nouvelle du jour, le fils du plus grand tueur de la région Jorge Sadena vient d'être arrêté. En effet, Zackary Sadena a été retrouvé huit ans après que la dernière victime ait été retrouvée miraculeusement vivante... »

Comment cela peut être possible ?

« Il aurait été retrouvé dans son appartement, avec qui il vit avec cette dernière... »

Tout le monde allait être au courant pour Zack. Je n'arrive pas à croire que son arrestation va être médiatisée. Et comment peuvent-ils savoir pour notre relation ? Recroquevillée sur moi-même, au fond du canapé enroulée d'un plaid, je m'effondre une nouvelle fois.

# *Chapitre 6*

Je me réveille pour la première fois depuis des semaines sans la présence de Zack à mes côtés. Ce matin, je ne pourrai pas lui caresser les cheveux avant de me lever difficilement du lit. Pour la première fois, je n'aurai pas à me battre avec lui pour qu'il émerge. Pour la première fois, je n'aurai pas à préparer deux tasses de café et à passer ce moment que j'aime tant avec lui avant de commencer la journée. Et dans cette ambiance confuse, je ne sais même pas quand je pourrai revivre tout cela.

J'arrive dans le salon, l'odeur de la cigarette se fait sentir comme si une soirée entre amis s'était déroulée toute la nuit dans cette pièce. Le paquet de cigarettes oublié par Adisson hier, trône

encore sur la table basse. Je récupère une cigarette à l'aide de deux doigts à l'intérieur du paquet ainsi que le briquet et l'allume. Je m'approche de la fenêtre de la cuisine et l'ouvre pour laisser entrer l'air frais du matin dans la pièce. La cigarette entre les lèvres, je rassemble mes cheveux en chignon à l'aide d'un élastique enroulé autour de mon poignet. J'admire le calme de la rue, un couple se tenant la main par-ci, un enfant à vélo par-là, c'est fou comme la rue a une allure différente entre le matin et le soir. J'essaye toujours de rentrer avant la tombée de la nuit pour éviter de mauvaises fréquentations.
A la fin de la cigarette, j'allume la radio pour avoir une musique en fond sonore et me motive à ranger l'appartement. Mes mains sur les hanches, je fais un rapide tour des affaires qui traînent un peu partout. Entre les boîtes du res-

taurant chinois, les vêtements, les tasses de café éparpillées, j'ai de quoi m'occuper.

« Vous l'avez sûrement appris hier, Zackary Sadena, fils du tueur Jorge Sadena, condamné depuis quelques années a été retrouvé hier à son domicile… »

Ce n'est pas possible. Je me jette sur le poste radio pour l'éteindre avant d'en entendre plus. Les infos locales ne vont parler que de ça pendant des jours et des jours, c'est obligé. Tout de suite, je pense à mes parents, et s'ils apprenaient ça par quelqu'un d'autre que moi ?
Je laisse tomber mon ménage improvisé et cours vers la salle de bain pour me préparer un minimum avant de sortir de l'appartement. Avant de démarrer ma voiture, j'envoie un texto à mon frère pour savoir s'il est à la maison avec

eux. Je me prépare mentalement à annoncer à mes parents que la personne pour qui j'ai quitté Armand, que je devais épouser n'est autre que le fils de l'homme qui m'a kidnappée il y a huit ans. A voix haute, j'essaye le temps de la route de répéter un discours qui ne laisserait paraître aucun doute sur les origines de ma rencontre avec Zack. Je ne dois faire aucune erreur face à mes parents. Cela risque d'être très dur.

Arrivée devant leur maison, je décide de rentrer sans frapper.
— Papa ! Maman !
Je n'attends pas qu'ils me répondent et avance de pied ferme vers le salon où je suis certaine de les trouver.
— Il faut que je vous parle ! continué-je.
Pour la première fois, je viens de rentrer dans la maison de mes parents sans avoir pris la peine

de frapper à la porte d'entrée. Ils sont tous les deux installés sur le canapé. Ma mère avec un gros bouquin dans les mains et mon père, la télécommande à la main à regarder un replay de son émission préférée.

— Si c'est pour nous évoquer ton Zack, ce n'est pas la peine.

Mon cœur se brise face à la froideur de ma mère.

— Écoute ce qu'elle a à nous dire, intervient mon père en éteignant la télévision.

Ils sont désormais au courant. Cela me tue de savoir que les médias m'aient devancée.

— Je ne sais pas quoi vous dire, je ne suis au courant de l'identité de Zack que depuis quelques semaines.

— Tu ne l'as jamais vu auparavant ? me demande ma mère intriguée.

Je secoue la tête négativement, j'essaie de rester la plus ferme possible. Mes parents me fixent. Je dois rester de marbre, ne rien montrer pour ne pas qu'il se doute de tout ce que je peux leur dire par la suite.
— Mais il a bien participé à ton enlèvement ?
— Non, le monstre était seul.
Cela me tord le cœur de leur mentir droit dans les yeux comme ça. Leurs regards ne se posent plus sur moi comme s'ils n'osaient plus me regarder. Pendant quelques minutes, je tente tant bien que mal de prendre la défense de Zack mais rien ne semble les convaincre.
— Je vais vous laisser, dis-je en voyant que cela ne vaut plus la peine d'insister.
Je me lève et les embrasse chacun leur tour avant de récupérer mes affaires et de quitter la pièce. Je me retourne une dernière fois vers eux. Ils ne m'adressent pas un seul mot pour me dire

au revoir, ils n'ont pas bougé. Ils restent abasourdis par la situation et je ne peux qu'accepter leur réaction.

— Les parents m'ont dit que tu étais passée ce matin ?
C'est comme ça que commence Adisson en entrant en trombe dans l'appartement encore en bordel.
— Oui, je voulais en parler avec eux, je voulais leur annoncer moi-même, mais les journalistes m'ont devancée.
— Ne t'en fais pas pour eux, cela leur passera.
— J'espère que tu as raison, dis-je en avalant une gorgée de ma tasse de thé.
— A part ça, j'ai peut-être une bonne nouvelle.
Je dépose la tasse sur le plan de travail de la cuisine et lève les yeux vers lui pour me concentrer sur ce qu'il s'apprête à m'annoncer.

— Je suis allé voir mon pote dont le père est avocat. Je lui ai résumé l'histoire et il m'a promis de lui en faire part au plus vite.
C'est un soulagement. Il n'y a rien de concret mais quand je vois comment Adisson se bouge pour m'aider, je ne peux qu'être reconnaissante. Je ne dis pas un mot, me cale contre le torse de mon frère et passe mes bras autour de lui. C'est ma façon à moi de lui dire merci.
— Je ne te laisserai pas tomber petite sœur, reprend-t-il.
— Je ne veux pas le perdre, je ne le supporterai pas, dis-je en commençant à fondre en larmes. J'ai peur pour lui, imagine qu'il termine en prison ?
— Hormis toi et moi, qui est au courant pour Zack ?
— Personne.

Sans comprendre pourquoi je fais le tour de mes souvenirs qui ont un rapport avec Zack ou ma captivité, absolument personne n'a jamais su mon lien avec lui. J'en suis sûre, mais quelque chose me revient en tête, l'image de ma boîte secrète.

— Il y a ma boîte, m'exclamé-je soudain les yeux écarquillés.

— Quelle boîte ?

— A l'intérieur, il y a des dessins de la cave, de Zack et un collier de sa mère qu'il m'avait donné.

Je lui lance tout ça en faisant le tour du séjour pour chercher ma veste et mon sac à main. Adisson comprend tout de suite qu'il doit me suivre. Il enfile sa veste et nous sortons pour récupérer cet objet trop dangereux pour notre secret.

## *Chapitre 7*

Je sors de ma voiture en trombe. Il pleut des cordes mais peu importe, je dois mettre la main sur cette foutue boîte qui a beaucoup trop d'importance dans la réelle implication de Zack dans ma captivité. Je sais que ma mère est encore sur place, elle quitte rarement son bureau avant dix-huit heures. Elle va sûrement se demander ce que je fais ici alors que je suis censée être en repos mais Adisson est le roi des excuses de dernière minute. Je sais qu'il saura me sauver là-dessus, il l'a souvent fait. Je ne prends même pas la peine de saluer ma mère et passe devant son bureau pour accéder au mien. Je cours vers le tiroir où se cache la boîte, elle n'a pas bougé. Je la récupère et la camoufle au fond de mon sac à main qui comporte assez de place pour ne pas qu'elle dépasse. Je souffle un bon coup pour extérioriser l'adrénaline qui a pris le pouvoir sur mon corps et entends mon frère et ma mère dans le couloir entrain de discuter. Je les rejoins, mais au même moment, une personne sort de la pièce jouxtant mon bureau et me bloque le passage. Je me retrouve face à la dernière personne que je souhaitais voir en ce moment. Je l'agresse aussitôt d'un ton abrupt :

— Qu'est-ce que tu fais là ?

— Quel accueil ! me sort-il avec un sourire en coin.

— Ça ne répond pas à ma question, dis-je sans le lâcher du regard.

Armand, fidèle à lui-même, toujours habillé impeccablement comme s'il revenait d'un entretien d'embauche, portant une chemise bien repassée, rentrée dans un pantalon noir et des

chaussures cirées comme si elles sortaient de leur boîte d'emballage.
— Je viens chercher les dossiers de certains de tes patients.
— Quoi ? hurlé-je.
Je vois ma mère se précipiter vers nous, laissant Adisson en plan.
— Maman, je peux savoir ce qu'il se passe ?
— J'ai reçu plusieurs appels depuis hier. Beaucoup de tes patients souhaitent être dirigés vers un autre psychologue.
— Alors, tu les renvoies vers Armand ?
— Je ne peux pas m'occuper de tout le monde.
— Mais tu connais d'autres psychologues, pourquoi lui particulièrement ? demandé-je agacée.
— C'est le seul de la ville qui a un planning apte à accueillir une nouvelle patientèle tout simplement.

— Tu n'avais pas le droit de faire ça.
— Ava, je n'ai pas fait ça contre toi, je dois avant tout penser à tes patients, je ne peux pas les laisser sans suivi.
— Alors, je n'ai plus travail ?
— Cela serait mieux si tu pouvais prendre quelques jours, le temps que cette histoire se tasse un peu.
Je me sens totalement démunie, je perds peu à peu ma vie. Non seulement, je ne peux plus exercer mon travail mais ma mère ose me trahir. On me tourne le dos parce que je suis amoureuse.
Je laisse tomber. Cette histoire est beaucoup trop pour moi et je ne veux pas faillir devant Armand. Je trace un chemin entre les deux et sors dans la rue sans m'occuper d'Adisson.
— Attends-moi Ava !

Je ne prends pas la peine de me retourner. J'entends derrière moi les pas lourds de ses chaussures, je sais que c'est Adisson qui me suit avec ses Doc Martens.

— Je parlerai à maman ce soir, m'annonce-t-il. Elle n'a pas le droit de te faire ça.

Il m'attrape le bras pour m'arrêter dans ma marche et je me retrouve face à lui.

— Bien sûr que si elle a le droit, tout le monde a le droit de me tourner le dos avec ce qu'il se passe, mais ça fait tellement mal, dis-je avant de me mettre à pleurer. Tu te rends compte que Zack vient d'arriver en prison et ma vie commence à devenir un désastre, mais je ne peux m'en prendre qu'à moi-même. J'ai cru qu'en gardant ce secret, je protégerais tout le monde, que je protégerais Zack et surtout que je me protégerais moi, mais je me suis voilée la face.

— Tout va s'arranger ! me dit Adisson en essayant de me prendre dans ses bras.
— Je n'en sais rien, je te remercie Adisson pour tout ce que tu fais pour moi, mais là j'ai besoin de me retrouver seule, de réfléchir à tout ça, de digérer aussi…
— Tu es sûre ?
— Oui, oui ne t'en fais pas, dis-je avant de me mettre sur la pointe des pieds pour lui déposer un baiser sur la joue furtivement.
Je déverrouille ma voiture à l'aide du bouton sur ma clé et monte à l'intérieur. En m'éloignant, je jette un coup d'œil sur le rétroviseur central et regarde mon petit frère rétrécir peu à peu. Je monte le son de la radio qui passe au même moment une musique tellement triste qu'elle se prête parfaitement à la situation et je roule, sans savoir réellement où aller.

*Point de vue de Zack*

Une porte blindée se ferme derrière moi. Entre mes mains, une couverture marron loin d'être douce et quelques affaires de toilettes. Je découvre avec dégoût l'endroit où je vais devoir passer mes jours et mes nuits pendant un moment indéterminé, seulement muni d'une table en bois abîmée et d'un lit. La cellule est à peine éclairée par la lumière extérieure. Je dépose sur le matelas mes affaires. Dans un sursaut, j'expulse enfin cette colère qui me ronge de l'intérieur, je frappe le mur à l'aide de mes poings, encore et encore. Du sang coule de mes phalanges toutes égratignées par le béton, et reprends mon souffle, affolé par cette rage. Je m'assois sur la table tout en m'adossant au mur. Je meurs de faim et de fatigue, je n'arrive même pas à savoir quel jour on est, quelle heure il est, je suis totalement perdu dans le temps. Je me remémore les heures passées en compagnie du commandant de police avant d'atterrir ici. Des heures de cauchemar où j'ai su tenir, je n'ai rien lâché. Je n'ai pas arrêté de penser à Ava, à me souvenir comment elle était quand les policiers m'ont embarqué avec eux. Je me déteste de lui faire vivre une telle horreur. Une nouvelle fois, je lui fais du mal. Et si notre amour était si impossible que ça ? Et si la vie nous rappelait à l'ordre ? Comme s'il était interdit pour nous de nous aimer et d'être heureux réunis.

## *Chapitre 8*

Sa playlist a tourné en boucle toute la nuit. Allongée dans le canapé, je n'ai pas fermé l'œil une seule minute. C'est une torture pour moi d'être seule dans cet appartement sans lui. Cela fait seulement deux jours que ma mère m'a sommée de me retirer du cabinet le temps de quelques jours et que tout s'apaise. Mais qu'est-ce que je peux faire seule, enfermée chez moi ? J'ai dû sortir la veille de mon immeuble pour me rendre au rendez-vous de l'avocat que nous a trouvé Adisson. Autant dire que cela a été un moment très inconfortable pour moi. Adisson a pratiquement pris la parole à chaque fois comme je suis restée sans mots tout le long de l'entretien. L'avocat est d'accord pour nous aider, mais nous a bien prévenus que le cas de Zack était très complexe. Par conséquent, il ne peut nous promettre que cela sera facile de lui éviter des années de prison. Je suis sortie du bureau de l'avocat en me sentant très faible et honteuse de ne pas être intervenue une seule fois, ce n'était pas à Adisson de faire tout ça.

Je retrouve enfin le sourire après deux semaines à broyer du noir chez moi. L'avocat de Zack a réussi à m'avoir un parloir pour enfin le revoir. Je suis à la fois heureuse et stressée. Jusqu'ici, je n'avais des nouvelles de celui que j'aime que par l'intermédiaire de l'avocat. Il me répète sans arrêt qu'il va bien mais pour moi, cela est beaucoup trop vague. De plus, je sais que Zack fait toujours en sorte de n'inquiéter personne. Mais en vrai, qui peut être « bien » enfermé en prison ? Je me suis torturée en regardant des reportages sur la vie des prisonniers et quand je voyais leurs conditions de vie, la violence qui pouvait y avoir, j'ai fondu en larmes plusieurs fois en imaginant Zack au milieu de tout ça. J'ai même une fois appelé l'avocat tôt un matin après m'être réveillée en sursaut d'un cauchemar. Est-ce que Zack pouvait se retrouver dans la même cellule que son père ? Il m'a tout de suite rassurée à l'autre bout du combiné que cela était impossible de mettre deux complices ensemble.

Je mets le parfum que Zack préfère, vérifie une dernière fois mon maquillage très léger et mes cheveux que j'ai pris soin d'onduler une heure auparavant. J'ai fait en sorte d'être la plus belle pour lui. J'enfile ma veste en cuir noir et m'apprête à rejoindre la voiture pour faire le trajet jusqu'à la prison.

Après une heure et demi de route, je me sens d'un coup mal à l'aise en voyant ce grand portail électrique rouge où deux hommes en uniforme sont postés à chaque extrémité. Je montre la feuille stipulant que j'ai un parloir dans une heure. Le portail s'ouvre et je m'avance doucement vers l'entrée dédiée aux visiteurs.

Cette petite pièce est pour moi un cauchemar, peu illuminée, étroite, juste de quoi y mettre une table et deux chaises. Cela me rappelle de mauvais souvenirs. Je prends quand même sur moi car c'est un moment que j'attends depuis une éternité. Je me trouve dans ce parloir qui m'a enfin été accordée grâce à l'acharnement de mon avocat. Je commence à m'inquiéter en voyant que cela fait dix minutes que Zack aurait dû être arrivé.

Je me demande silencieusement ce qu'il se passe.
La porte s'ouvre enfin et Zack apparait, son plus beau sourire se dessinant sur son visage dès que ses yeux croisent les miens. Le garde qui l'a accompagné de sa cellule jusqu'à moi lui retire les menottes avant de l'autoriser à me rejoindre. Il me prend tout de suite dans ses bras et me serre contre son étreinte de toutes ses forces. Son odeur, la chaleur de son corps, ses lèvres sur les miennes m'ont tellement manqué.
— Comment te sens-tu ? commencé-je
— Ça va, ne t'en fais pas.
Je sais qu'il ment, qu'il veut juste me rassurer. Je sais aussi que cela ne sert à rien que je creuse plus pour savoir ce qu'il ressent vraiment. Zack déteste que je m'inquiète pour lui.
— Tu n'es pas obligé de me mentir, je sais que tu mens !

— Je ne veux pas que tu t'inquiètes pour moi, répète-t-il sans me lâcher du regard.
— C'est difficile, dis-je en serrant ses mains dans les miennes.
Nos pupilles ancrées les unes dans les autres, je n'arrive toujours pas à croire qu'il est devant moi, que je peux l'avoir rien que pour moi le temps d'une heure. Je peux de nouveau entendre sa voix, me bercer de son sourire même s'il n'est pas aussi beau et vrai que d'habitude.
— C'est à mon tour maintenant d'être enfermé et toi d'être libre, c'est un retournement de situation, c'est la vie qui te venge, dit-il sur le ton de l'humour.
— Eh bien ! Cette vengeance ne me plaît pas du tout, seul ton père mérite d'être ici, toi non !
— Tu sais Ava, si tu veux me quitter, je l'accepterai même si je dois passer des années ici. Je ne voudrais pas que tu m'attendes …

— Arrête ça tout de suite ! dis-je en fermant les yeux pour essayer de retenir mes larmes.
— Je suis un poison pour toi, reprend-il.
— Je t'interdis de dire ce genre de chose, tu es mon âme sœur, je sais qui tu es réellement Zack et je ferai tout mon possible pour te sortir de là !
— Ils savent tout, Ava.
— D'après l'avocat, il n'y a aucune preuve, la police a conclu des choses sans avoir de réels alibis. Tout ce qu'ils ont contre toi, c'est ton lien de parenté avec ton père et le fait que tu habites sous son toit au moment des faits.
— Et si mon père me balançait ?
Je n'y avais pas pensé. Jorge m'est complètement sorti de la tête. Mais je ne dois pas lui montrer que moi aussi j'ai peur pour lui. C'est à moi aujourd'hui de tout faire pour qu'il soit libre.

— S'il avait voulu le faire, il l'aurait fait il y a huit ans, dis-je à voix basse de peur d'être entendue.
Zack a du mal à croire, son père reste la pire ordure au monde à ses yeux. Il est capable de tout, même du pire et là-dessus, nous en sommes tous les deux témoins malheureusement.

Sur la route du retour, j'appelle Adisson pour lui donner des nouvelles de Zack. Je m'arrête sur une aire d'autoroute, un café à la main que je viens d'acheter au distributeur, le téléphone dans l'autre avec Adisson qui essaie tant bien que mal de me rassurer. Mais comment puis-je rester sereine après avoir laissé celui que j'aime dans cet endroit obscur où il est enfermé ? Je ne sais pas pour combien de temps encore.
— Il faut le sortir de là ! crié-je.

— On va tout faire pour, je te l'ai dit, je ne te lâche pas !
Après ces quelques mots réconfortants, je laisse mon petit frère aller en cours en entendant un brouhaha derrière lui, ce qui rend notre conversation très compliquée.
Je range mon téléphone dans une de mes poches et sors une cigarette d'un paquet que j'ai retrouvé rangé dans un placard de la cuisine. Moi qui de base ai horreur de la cigarette, je ne peux plus m'en passer maintenant. Cette odeur m'est devenue trop familière. Je termine ma dernière bouffée et écrase mon mégot à l'aide d'un de mes talons, puis retrouve ma voiture pour retourner à l'appartement.
Un début de mélodie que je connais bien résonne dans l'habitacle. J'augmente le son tout en restant concentrée sur la route qui commence à se faire glissante avec la pluie tombante. Sans

vraiment m'en rendre compte, je me trouve à quelques mètres de la maison de mes parents. Découvrant que seule la voiture de mon père se trouve dans l'allée, je m'arrête le long de la route et rejoins la maison de mon enfance.

— Bonjour, commencé-je timidement en arrivant dans le salon.
— Bonjour ma chérie.
Je me permets d'enlever ma veste et attache mes cheveux mouillés en queue de cheval pour que ça soit plus confortable.
— Tout va bien ?
A la prononciation de cette phrase, je sens ma gorge se serrer. Il n'en faut pas plus pour que cela s'accompagne de larmes. Je lâche prise, une nouvelle fois, tout cela est trop dur pour moi. Je me sens faible et seule comme il y a huit ans quand je me trouvais à mon tour enfermée.

Incapable de faire semblant face à mon père qui me connaît par cœur, il me prend dans ses bras et passe une main dans mes cheveux comme quand j'étais petite.

— Je vais nous préparer du café et on va discuter tous les deux, d'accord ?

J'acquiesce du mieux que je peux ma tête collée à son torse. Il s'écarte de moi et me laisse m'installer dans le canapé. Je sèche mes larmes fardées de noir par le mascara d'un revers de la main. Mon père revient dans le salon avec un plateau contenant de deux tasses fumantes, qu'il dépose sur la table basse. Il me tend l'une d'elle qui sent bon le café chaud. Je le remercie et m'enfonce dans le canapé pour me sentir plus à l'aise.

— Je suis allée le voir, lancé-je.

Au même moment, il prend place face à moi tout doucement, comme si l'annonce lui avait fait perdre l'équilibre. Sa tasse entre les mains, il ne trouve rien à dire, le regard perdu vers le sol.

— Je sais que vous ne comprenez pas que je le défende…

— Il était dans la même maison que celle où tu as été séquestrée, il vivait sa vie alors…

— Il ne le savait pas ! le coupé-je.

J'y ai mis tout mon cœur dans ce mensonge. J'ai promis à mon frère de ne rien dire à personne, il doit être le seul au courant de la véritable histoire, même mes parents doivent rester en dehors de tout ça.

Nous continuons de discuter encore une bonne heure. J'ai préféré changer de sujet pour mon bien. J'avais besoin d'entendre d'autres choses, des choses positives surtout. Mon père me confie qu'il occupe ses journées entre les sorties avec ses autres amis, eux aussi à la retraite et le jardinage, qui est apparemment sa nouvelle passion. Voyant que la pluie a cessé, j'accepte de le suivre dans la cour de la maison pour qu'il me montre chaque vegetal qu'il a planté dernièrement.

Nous sommes interrompus par la sonnerie de mon téléphone que je mets du temps à trouver avec tout le bazar entassé dans mon sac à main. Un numéro inconnu s'affiche sur l'écran de mon téléphone.

— Allô ? commencé-je.

— Bonjour, vous êtes bien Ava ?

— Oui, réponds-je en cherchant à qui peut bien appartenir cette voix.

— Je suis Antonia, la maman de Zackary

Je m'éloigne un peu de mon père pour qu'il n'entende pas la conversation. J'étais à des milliards de kilomètres d'imaginer que la mère de Zack referait son apparition maintenant.

— Je sais que cet appel peut paraître un peu incongru, mais j'aurais voulu avoir des nouvelles de Zackary ?

— Attendez, comment avez-vous eu mon numéro ? la coupé-je.

— Cela serait trop long à vous expliquer, je voulais simplement avoir des nouvelles de…

— Parce que ça vous intéresse maintenant ?

— J'imagine que vous êtes au courant de la situation…

— Bien sûr, Zack m'a tout dit.

— Ecoutez, je sais que je suis loin d'être une bonne mère, mais je voudrais me rattraper. J'ai appris ce qui lui est arrivé et tout ce que vous avez vécu. Ava, pensez-vous que l'on peut essayer de rattraper le temps perdu ?

— Ce n’est pas à moi de vous répondre, réponds-je d’un coup.
Elle a l’air tellement sincère, mais ce n’est pas à moi de prendre ce genre de décision.
— Je le sais bien, mais je veux vraiment vous venir en aide à tous les deux !
— Je ne sais pas si Zack accepterait.
— Ava, je peux vous aider financièrement. Laissez-moi au moins vous aider à payer un avocat.
Je me souviens que Zack m’avait brièvement parlé du nouveau compagnon de sa mère, celui pour lequel elle avait tout quitté. Il a apparemment une très bonne place dans une entreprise, donc quand elle me parle d’être d’une aide financière, cela voudrait dire que l’argent viendrait de lui et ça, Zack le refuserait catégoriquement.
— Cela sera notre secret, Ava.

C'est vrai que Zack n'est pas obligé de tout savoir. Après tout, c'est pour son bien.
— J'accepte, réponds-je sans m'en rendre compte.
— Super, j'attends votre message et courage Ava, je suis sûre que tout va s'arranger.
Je n'ai pas le temps de lui répondre qu'elle me raccroche au nez aussitôt son dernier mot dit. J'hésite en tenant mon téléphone entre les mains. Je laisse mes pouces s'agiter devant l'écran avant de lui envoyer le message indiquant l'adresse de l'appartement. Je sais que prendre cette décision sans l'approbation de Zack est une mauvaise idée mais je ne pourrai pas m'en sortir seule. Adisson est déjà d'une très grande aide mais c'est vrai que les frais d'avocat videront vite mon compte en banque si cela continue. Comme l'a dit Antonia, cela sera notre secret.

## *Chapitre 9*

En cette matinée, le soleil se fait encore attendre. Des rafales de vent, par contre, n'hésitent pas à manifester leurs présences. Je décide malgré cela d'aller courir un peu pour me changer les idées. Rien de mieux qu'une ville qui se lève peu à peu, encore calme pour la parcourir. Depuis que la véritable identité de Zack a été dévoilée, depuis que notre relation a été mise en lumière, je ne supporte pas le regard des gens et leurs remarques. Mais n'étant pas sortie depuis une semaine, il fallait que je trouve une activité pour arrêter de tourner en rond chez moi. Je retrouve enfin le plaisir de prendre l'air, coiffée d'un chignon vite fait, habillée d'un ensemble de jogging. Je place les écouteurs dans mes oreilles et entame ma course avec la playlist de Zack qui m'accompagne.

Après avoir couru pendant une heure, je m'octroie quand même un petit plaisir, un café latté comme je les aime.

— Sur place ou à emporter ?

Le café est à moitié rempli quand je sens tous les regards braqués sur moi, des messes basses envahissent soudainement l'endroit.

— Madame ?

Je me retourne vers le serveur qui devait sûrement me parler depuis un moment vu l'agacement dans sa voix.

— Sur place ou à emporter ?

— A emporter, s'il vous plaît.

Il doit être le seul à ne pas savoir qui je suis. J'ai envie de leur hurler, de répondre à leurs chuchotements :

« Oui, c'est moi ! Oui, je suis celle qui partage la vie de Zackary Sadena ! Oui, c'est bien le fils de celui qui a tué des jeunes femmes et traumatisé des familles entières ! Mais vous ne savez rien, vous parlez sans savoir, sans le connaître comme je le connais ! »

Je décide pour mon bien de rester dos aux clients. De plus, le bruit de la machine à café me permet de ne plus rien entendre.
Je récupère mon gobelet en carton et sors sans baisser le regard pour ne pas montrer aux clients que je suis atteinte par leur méchanceté.
De nouveau dans la rue, je retire le capuchon en plastique pour laisser la fumée de mon café s'évaporer avec le vent. Je reprends mon chemin et mets les écouteurs dans mes oreilles tout en faisant attention de ne pas renverser ma boisson chaude sur le trottoir.

Je passe la porte de l'appartement en avalant la dernière gorgée de mon café que je balance dans la poubelle de la cuisine, me déshabille peu à peu, laissant traîner mes affaires partout et me douche. Je profite que l'eau chaude coule sur mon corps pour m'évader un peu. Petit à petit, mes pensées deviennent floues et cela me fait du bien. Quel plaisir d'oublier pendant quelques secondes ce qui se passe dans ma vie ! De laisser de côté les horreurs que je peux entendre, la douleur que ressent mon cœur, le vide qui est un peu trop présent dans l'appartement. Mais toutes bonnes choses ont une fin, même dans ce genre de situation. Au moment même où mes doigts attrapent la poignée du pommeau de douche qui ferme le jet d'eau, tout revient à la surface comme une énorme claque.

Je m'avance seulement vêtue de mes sous-vêtements vers le grand miroir qui trône dans la salle de bain. Mon corps squelettique me donne la nausée, je ne vois pas la Ava de vingt-quatre ans, mais la Ava de seize ans qui découvre son corps dégueulasse dans la salle de bain du monstre et de Zack. Mes côtes ressortent exactement de la même façon qu'il y a huit ans après avoir passé quelques semaines dans cette cave. A ce moment-là, je mourrais de faim, j'aurais aimé manger à ma faim. Cette fois-ci, j'ai pourtant tout ce qu'il faut dans la cuisine pour me nourrir correctement mais je n'ai pas d'appétit. Des gouttes d'eau tombent de mes cheveux et se laissent glisser sur ma peau, mon teint est pâle. Je fais vraiment peur à voir. Il faut que je me ressaisisse. La sonnerie de l'interphone me sort de mes pensées, je me précipite vers le téléphone.

— Oui ? commencé-je.
— C'est ton frère chéri, m'annonce-t-il.
Je soupire un petit rire et appuie sur le bouton pour qu'il puisse accéder au hall de l'immeuble. J'en profite pour aller dans la chambre et trouver une tenue pour l'accueillir.
A peine ai-je le temps de finir de m'habiller qu'Adisson fait son entrée au pas de la porte qu'il cogne pour m'indiquer sa présence.
— Je nous ai pris de quoi déjeuner.
C'est sa manière à lui de me saluer et surtout de me faire sourire sans aucun effort. Je sens l'odeur des nouilles chinoises caramélisées comme je les aime, qu'il a sûrement dû prendre au restaurant chinois à quelques pas de chez nos parents. Je me mets sur la pointe des pieds pour passer un bras autour de son cou et déposer un bisou sur une de ses joues pour le remercier.

Je me retrouve une nouvelle fois enfermée dans l'appartement avec mon frère. Cela fait des heures que je répète mon discours pour le connaître par cœur, que je réponds aux questions qui peuvent m'être posées d'après l'avocat pendant le jugement. Adisson prend son rôle au sérieux.

— J'ai rencontré Zack il y a quelques semaines lors d'un mariage. Plusieurs jours après, nous nous sommes revus et c'est là qu'il m'a annoncé qui il était réellement…

— Mets-y plus de conviction Ava. Tu dois faire avaler cette histoire à tous ceux qui seront présents au tribunal.

— Je sais, je sais, dis-je en me laissant tomber sur le canapé aux côtés d'Adisson.

Je prends une gorgée de mon soda posé sur la table basse devant nous, accompagné des deux plats chinois que mon frère nous a ramené. Je m'apprête à reprendre mon discours quand mon téléphone sonne. Je découvre sur l'écran un message provenant d'Armand.

— Qu'est-ce qu'il se passe ? me demande Adisson en découvrant sûrement mon visage dépité.

— C'est Armand qui me demande de venir chercher le reste de mes affaires.

— C'est fou, cet abruti a le chic de réapparaître toujours au mauvais moment.

Je souris à sa réflexion et termine mes nouilles avant de me rendre à contre cœur dans mon ancienne maison.

Je dévale les escaliers avec le reste de mes affaires qui sont restées chez Armand. Adisson m'a proposé de m'accompagner au cas où Armand se trouverait sur place. J'ai réussi à trouver la force de retourner dans cette maison. J'avais ramené ma valise et quelques sacs de courses pour pouvoir récupérer tous mes vêtements et les objets qui m'appartiennent. Je ne prends même pas la peine de plier mes vêtements, je les attrape avec les cintres et les lancent dans ma valise ouverte sur le lit. Je saisis aussi le reste de mes livres et de mon maquillage qui traînent un peu partout et que je range dans un sac.

J'entends des éclats de voix provenir du bas des escaliers. J'en déduis qu'Armand est arrivé. Je me dépêche de fermer la valise et attrape mon autre sac plein pour descendre et sortir de cet endroit au plus vite.

— Nous allions partir, dis-je en descendant avec peine les escaliers tout en portant ma valise d'une main et mon sac de l'autre.

Je voulais absolument éviter une nouvelle dispute avec lui.

— Alors, tu emménages de nouveau ? me demande-t-il en posant le courrier sur la table du salon.

J'ai horreur quand il a ce genre de comportement.

— Comment va ton criminel ? continue-t-il.

Je remarque Adisson et ses poings qui commencent à se serrer.

— Laisse tomber, ça n'en vaut pas la peine, dis-je en attrapant le bras de mon frère pour l'éloigner d'Armand.

— Ta nouvelle vie te plaît ? Amoureuse d'un criminel, sans travail, le changement a dû être radical pour toi.

— Mais qu'est-ce que ça peut te foutre au juste ? intervient Adisson.

— J'aimerais juste que ta sœur comprenne le mal qu'elle a pu me faire, c'est pour cela que j'ai voulu me venger.

Je ne vois pas où il veut en venir, je laisse de côté mes sacs et lui fais face de nouveau.
— Qu'est-ce que tu as fait ?
— Voyons, c'est moi qui ai balancé ton petit ami à la police !
— Tu n'as pas fait ça, m'indigné-je complètement perdue.
— J'ai découvert ton secret Ava. Quand j'ai trouvé ta boîte dans ton bureau, cela a répondu à toutes les questions que je me posais. Ton cher Tony ou plutôt Zack a participé à ton enlèvement et à ta séquestration.
Sous le choc de ses propos, je ne sais pas quoi répondre.
— Je n'ai rien dit au début car nous allions nous marier et cela ne m'apportait rien de le dénoncer, mais quand j'ai compris que tu m'avais laissé tomber pour lui, j'ai été voir la police, dit-il avec une assurance à me rendre dingue.

Dites-moi que c'est un cauchemar, qu'il est en train de me mentir ! Je savais que Armand pouvait être capable de tout, mais je ne le croyais pas être une ordure à ce point-là. Et le pire dans tout ça, c'est qu'il m'annonce tout ça comme si c'était normal.

— Et tu es fier de toi ?

Adisson se rapproche une nouvelle fois de lui prêt à lui mettre son poing dans le visage.

— Bien sûr ! J'aurais pu t'offrir une vie de rêve ! A la place de ça, tu as préféré fuir pour un moins que rien.

— Moins que rien ? Je vois que tu n'as toujours pas évolué dans ton vocabulaire, intervient Adisson en essayant de reprendre son calme.

— Mais tu te rends compte de ce que tu as fait ?

— Oui et je m'en porte plutôt bien. Grâce à moi, un criminel va finir ses jours en prison, là où il aurait dû être depuis un certain temps.

— Tu ne sais rien de mon histoire !

— Il n'y a pas que toi dans cette histoire justement, des jeunes filles n'ont pas eu ta chance.

Armand sort cette phrase comme si ce que j'avais vécu n'était rien, il minimise mon traumatisme. Comment ai-je pu aimer un connard pareil ?

— Il n'a rien à voir avec tout ça !

— Ce n'est plus mon problème, j'ai fait ce que j'avais à faire. Maintenant, sortez de chez moi ! hurle-t-il en se dirigeant vers la porte d'entrée pour l'ouvrir en grand.

Je me sens incapable de rétorquer quoi que ce soit. Il est vrai que notre maison est, en fait, uniquement la sienne. Quand nous avons emménagé ici, c'est lui qui a décidé de mettre tous les papiers de la maison à son nom. Il disait que cela éviterait les problèmes, je comprends mieux. Armand a toujours voulu avoir le pouvoir surtout pour ne pas être pris par surprise. Il a bien fait, en nous séparant, la maison et tous les meubles qui s'y trouvent, lui reviennent et moi rien. Mais c'est un mal pour un bien. Je ne veux garder aucun souvenir de cet homme. Je récupère mes sacs, aidée d'Adisson et sors de la maison en lui tendant la clé pour bien lui faire comprendre que je ne reviendrai pas. Alors que je pose mes sacs pour récupérer ma clé de voiture dans la poche de ma veste, j'entends un cri de douleur. Je me retourne et vois Adisson avancer vers moi et Armand toujours au pas de la porte les mains sur son nez. Je comprends que mon frère lui a assené un coup de poing.

— Depuis le temps que je voulais lui foutre mon poing dans sa gueule.

Je me retiens de rire et ouvre le coffre pour pouvoir mettre mes affaires à l'intérieur. Quand je le referme, j'entends en même temps la porte d'entrée claquer. Une nouvelle fois, je peux remercier mon frère d'avoir pris ma défense.

## *Point de vue de Zack*

— Sadena, parloir !
Je me réveille en sursaut. La porte de ma cellule est ouverte, je vois un gardien de la paix au pied de mon lit. Je me lève et suis l'homme sans prendre la peine de me regarder dans le miroir à moitié cassé pour voir la tête que j'ai. Je passe plusieurs portes grillagées avant de me retrouver dans la petite pièce. Je me frotte les yeux

pour être bien certain de voir la personne qui est assis non loin de moi. Adisson.
Je fais un hochement de tête en guise de salut et m'installe sur la chaise en face de lui et m'inquiète :
— Il y a un problème avec Ava ?
Je ne vois pas pourquoi il serait là autrement.
— Si je suis là, c'est parce que je veux m'assurer que je n'aide pas ma sœur à te libérer pour rien, lance Adisson sur un ton glacial.
— Je sais que tu dois me détester. J'ai déconné en aidant mon père à faire toutes ces choses affreuses. Je n'ai jamais réussi à me regarder dans un miroir, à me respecter. Mon père m'effrayait et en même temps, je le voyais souffrir de l'abandon de ma mère… J'avale ma salive avant de reprendre. Mais Ava, elle m'a vu différemment que comme un monstre et je suis tombé amoureux d'elle.

— Alors, pourquoi as-tu mis autant de temps pour la libérer ?
— Parce que je n'avais aucun courage, mais quand je me suis rendu compte que mon père était prêt à la tuer, quelque chose s'est produit en moi. Il était inimaginable pour moi qu'il fasse à Ava ce qu'il a fait aux autres.
— Alors, c'est grâce à ma sœur que tu es devenu humain ?
— Ecoute, je sais que je suis très loin d'être parfait, que je ne mérite pas ta sœur, que je vais devoir vivre avec tout ça jusqu'à la fin de ma vie…
— Elle est très amoureuse de toi, tu le sais ça ?
— Je le sais et je me sens tellement chanceux de l'avoir à mes côtés.
— Je ne sais pas où tout cela va vous mener, je ne sais pas si j'ai raison de vous aider, mais ce

qui est sûr, c'est que ma sœur est la personne la plus importante de ma vie et je la protégerai.
— Adisson, j'aime Ava. Ça fait huit ans que je l'aime, que je ne pense qu'à elle, huit ans !
Je n'arrive pas à supporter qu'il ne me croit pas sur les sentiments que je porte à sa sœur.
— Tu peux douter de la place que j'ai eu auprès de mon père, tu peux douter du fait que je me sente dégueulasse d'avoir laissé faire tant de mal, mais je t'interdis de douter de mon amour pour Ava. Je n'ai qu'elle et je ne veux qu'elle, le reste du monde m'importe peu. La vie m'importe peu si elle n'en fait pas partie. Je préfère être emprisonné jusqu'à ma mort plutôt que d'être libre sans elle.
Ses yeux restent bloqués sur moi.
— Je ne sais pas si je fais bien de te croire, mais j'ai envie de te faire confiance.

— Merci Adisson, merci pour ce que tu fais, dis-je avec une boule dans la gorge.
— Je me détesterais de laisser tomber ma sœur.
J'acquiesce, le comprenant tout à fait.
— Maintenant, il faut qu'on se mette bien d'accord sur ce que tu vas dire le jour du jugement, dit-il en se penchant sur la table et en baissant la voix.
Je l'écoute attentivement et enregistre chaque détail qu'il me donne. Je répète chacune des phrases qu'il me dicte après les avoir bien comprises. Cela ne devrait pas être compliqué pour moi, tout n'est pas inventé après tout. Après huit ans d'absence, j'ai retrouvé Ava lors d'un mariage, je lui ai donné rendez-vous pour lui avouer qui était mon père. Suite à cela, nous avons appris à nous connaître et sommes tombés amoureux l'un de l'autre. Tout n'est pas totalement faux, après tout.

# *Chapitre 10*

— Vous êtes enceinte, mademoiselle !

Cette phrase résonne dans ma tête depuis ma sortie de l'hôpital. Je m'étends dans notre lit, attrape l'oreiller de Zack et le pose sur ma poitrine en le serrant dans mes bras. Le tissu a encore l'odeur de son parfum qui s'engouffre peu à peu dans mes narines. Je peux entendre la pluie frapper contre la fenêtre de la chambre, hormis ça, l'appartement est calme, beaucoup trop calme à mon goût. Alors, pour combler cet affreux silence, je me plonge dans mes souvenirs. Je peux entendre le son de sa voix grave prononcé mon prénom ou un mot doux. Je peux entendre son rire, son agacement envers moi après qu'il ait trébuché sur une de mes piles de livres que j'ai laissée sur le sol de la chambre ou du salon. Je peux apercevoir la couleur de ses yeux, sentir la douceur de ses lèvres, son teint mate. Chaque détail de Zack est ancré dans mon esprit. J'enlève l'oreiller pour que mon ventre soit dans mon champ de vision. Je n'arrive toujours pas à croire qu'un petit être est en train de grandir dans mon ventre. Nous n'avons jamais parlé d'enfants, nous n'avons même jamais parlé d'avenir tous les deux. A trop vivre au jour le jour, nous n'avons pas eu le temps d'envisager ce que nous souhaitions pour plus tard. Est-ce que Zack voudra de cet enfant ? Cette question commence à m'angoisser. Et s'il ne souhaitait pas être père ? Je devrais peut-être lui annoncer à notre prochain parloir. S'il n'en veut pas, je ne me vois pas élever seule un enfant, et en voyant mon ventre arrondi, je me rends compte que je ne me vois pas non plus avorter.

Je me retrouve dans la même salle que celle où j'ai vu Zack il y a quelques jours. Pas besoin de préciser que mon avocat a été très étonné quand je lui ai demandé à avoir un parloir avec le fameux Jorge Sadena. Quand il m'a annoncé quelques jours plus tard pour me dire que ma demande avait été acceptée, il m'a bien précisé de faire attention à tout ce que j'allais dire ou faire pour ne pas que cela porte préjudice au jugement de Zack. Je lui ai bien répondu que j'en tenais compte mais que si je ne tentais pas ce que j'ai en tête, je m'en voudrais éternellement. Alors me voici ici, assise une nouvelle fois dans cette pièce éclairée par des néons qui tuent les yeux. J'essuie mes mains moites sur mon jean. Je me sens d'autant plus mal à l'aise que j'ai chaud, habillée de mon gros pull en laine, mais je n'ai rien trouvé de mieux dans mes affaires

pour camoufler mon ventre qui s'arrondit de plus en plus. La porte s'ouvre enfin et mon estomac se tord à la vue de ce monstre qui est maintenant face à moi. Les yeux écarquillés, je reste stoïque devant ce monstre qui m'a brutalisée et enfermée pendant des mois. Ce visage n'a pas changé hormis quelques rides en plus. Il est toujours aussi horrible et abîmé. Il s'assoit face à moi en me donnant cette impression de me dévisager. Je ne sais pas si j'ai envie de vomir à cause de ma grossesse ou de sa présence. Je ne peux plus faire marche arrière. Je reprends possession de mon esprit et m'accoude à la table avant de laisser échapper une longue expiration.
— Je ne pensais pas dire cela un jour, mais j'ai besoin de votre aide, me lancé-je.
— Cela n'aurait pas un rapport avec mon fils ?
— Vous êtes au courant ? lui demandé-je choquée.

— Tout se sait, même ici.
Son regard fixé sur moi me rend malade, j'ai du mal à admettre ce que je m'apprête à faire.
— Il y a des chances que vous participiez au jugement de Zack.
— Et tu aimerais que je dise au juge qu'il n'a jamais participé à ton enlèvement, continue-t-il, comme s'il savait déjà ce que j'allais lui demander.
— De tous les enlèvements.
Il s'adosse au dossier de sa chaise en croisant les bras sur sa poitrine, son regard ne me lâche pas. Je suis à deux doigts d'avoir envie de vomir et cette fois, ça ne sera pas à cause de la grossesse. Je ne l'ai jamais vu d'un calme aussi olympien, il n'a plus ces traits de méchanceté que j'ai connus sur lui il y a quelques années. Il n'a pas changé d'un poil, j'aurais pourtant cru

que la prison l'aurait encore plus abîmé physiquement.

— Et qu'est-ce que j'y gagne à faire ça ?

Il ose vraiment marchander avec moi ?

— Rien, vous sauverez juste la vie de votre fils. C'est vrai que pour vous ça peut vous sembler peu mais vous lui devez au moins ça après tout ce que vous lui avez fait vivre.

Son regard toujours posé sur moi, aucune réaction ne transparaît. Son visage ne bouge pas d'un millimètre.

— Ecoutez-moi, dis-je en me levant presque de ma chaise et en tapant des pinots sur la table. Zack va en prendre pour des années alors qu'il n'est coupable de rien. Il était sous votre emprise, vous auriez été capable de le tuer s'il ne vous obéissait pas !

Je commence à perdre patience face à ce monstre, je ne trouve plus aucun argument pour sauver Zack.

— Je n'aurais jamais tué mon fils.

— Je vous ai vu dans un certain état qui me permet d'en douter !

— Tu l'aimes toujours autant à ce que je vois.

J'ai en horreur le fait qu'il me tutoie. Comment peut-il se permettre de me parler comme si nous étions proches ?

— J'ai bien vu quand tu étais chez nous qu'il se comportait d'une façon différente avec toi par rapport à mes autres victimes, dit-il en retrouvant son sourire en coin.

Sa façon de parler me donne de plus en plus des hauts le cœur. Il me parle de ses victimes comme de trophées. Il ne se rend toujours pas compte même avec les années de prison, du mal qu'il a causé à toutes ces familles qui ont perdu quelqu'un par sa faute.

— Alors ? insisté-je.

Il se lève de sa chaise doucement sans prendre la peine de me répondre et s'avance vers la porte par laquelle il est entré. Il va réellement s'en aller en me laissant comme ça ?

— Répondez-moi, s'il vous plaît !

Je suis à deux doigts de faire un malaise en voyant mon comportement face à lui, je me retrouve faible et je sais que cela lui plaît. Tête baissée, il frappe à la porte pour prévenir le surveillant qu'il souhaite sortir. Je m'assois et comprends que je n'aurai pas ma réponse. Après tout, je m'attendais à quoi ? Comme s'il était capable d'avoir ne serait-ce qu'un peu d'empathie pour quelqu'un, même pour son fils ! Je pose mes coudes sur la table en métal et dépose

ma tête entre mes mains, je ne sais plus quoi faire lorsqu'une voix s'élève :
— Je vais vous aider.
Je relève aussitôt la tête. Jorge a disparu mais j'ai bien entendu ce qu'il vient de me dire avant de partir. Une larme coule, mon sourire se dessine d'un coup, mon dernier espoir pour sauver Zack est peut-être entre ses mains. Je ne sais pas si je dois croire à ses paroles mais sans savoir pourquoi j'ai envie de lui laisser une chance.

Je profite d'être dans le hall de l'immeuble pour récupérer le courrier. Une grande enveloppe marron toute tordue se trouve dans la boîte aux lettres. Je l'ouvre tout en écoutant mon frère me parler de son cours de droit qui l'a passionné aujourd'hui.
— Adisson, dis-je les yeux écarquillés.

Il me prend le chèque des mains et l'approche de son visage. Je crois que lui non plus ne réalise pas ce qu'il y a d'écrit à l'encre noir.
— Attends, nous sommes bien d'accord, nous lisons bien la même chose ?
— Dix-mille euros, chuchoté-je.
— Qui t'envoie ça ?
Quelque chose d'autre se trouve à l'intérieur de l'enveloppe, deux billets d'avion et c'est seulement maintenant que je me remémore la conversation téléphonique avec Antonia.
— C'est la mère de Zack.
Il me prend des mains les billets.
— Athènes ? Rien que ça, elle ne se moque pas de toi la belle-mère.
Je lâche un sourire au vu du comportement de mon frère.
— Et pourquoi elle t'envoie tout ça ? me demande-t-il en reprenant son sérieux.

— C'est sa façon à elle de se racheter, dis-je en remettant tout dans l'enveloppe.

Je referme la boîte aux lettres à clé et me dirige vers l'escalier, suivie de mon frère.

— C'est plutôt bon signe, m'annonce Adisson après lui avoir détaillé mon parloir avec Jorge. On va fêter ça.

Je le regarde poser sa veste sur une chaise de la cuisine et commencer à fouiller les placards de la cuisine.

— Qu'est-ce que tu cherches ? lui demandé-je intriguée.

— Ton Zack doit bien avoir une bouteille d'alcool quelque part, non ?

— Je ne peux pas boire Adisson, dis-je timidement.

Est-ce que je m'apprête réellement à annoncer à mon frère que j'attends un bébé ? Oui.

— Mais bien sûr que si, me dit-il tout en continuant de fouiller dans les placards qui se trouvent en hauteur.
— Adisson ! Vraiment ! insisté-je.
— Qu'est-ce-qu'il y a ? me demande-t-il en tournant sa tête vers moi.
Je me mets de profil et pose mes mains sous mon ventre pour le faire ressortir un peu. Il arrête net son regard sur moi, lâche ses mains des portes du placard pour les poser délicatement sur son crâne. Il reste bouche-bée et ne lâche pas ses yeux de mon corps.
— Mais non !
— Si.
— Mais non !
— Stop, tu sais que ça peut durer longtemps comme ça !
Lui comme moi, avons horreur d'avoir le dernier mot, alors ce genre de conversation est

pour nous une énorme habitude depuis que nous sommes tout petits.

— Je ne sais pas quoi dire, me répond-il les yeux écarquillés.

— Eh bien, tu peux commencer par me féliciter déjà !

Le sourire aux lèvres, je peux aussi apercevoir ses yeux s'humidifier peu à peu. Il s'approche de moi pour me prendre dans ses bras, je passe les miennes autour de son cou et il me soulève du sol, laissant mes pieds se balancer dans l'air.

— Ma sœur va être maman, je n'y crois pas !

Après m'avoir serrée de toutes ses forces, je peux de nouveau ressentir le parquet.

— Et moi donc !

— Tu n'es pas contente ?

— Si, bien sûr que si, mais j'aurais préféré que cela arrive dans d'autres circonstances, lui annoncé-je avec mon enthousiasme qui disparaît peu à peu en repensant à Zack et à l'endroit où il se trouve actuellement.

— Je sais que c'est dur pour toi en ce moment, mais cette nouvelle est la meilleure au monde, Zack est au courant ?

— Non, je veux attendre, je ne me vois pas lui annoncer dans un parloir.

— Alors je suis le premier ? J'en suis honoré, dit-il fièrement.

— En fait, tu es le deuxième techniquement, dis-je désolée de lui gâcher sa joie.

Il me regarde interloqué.

— Tu vas sûrement trouver cela dégueulasse, mais je me suis servie de ma grossesse, je l'ai dit à Jorge.

— Et tu penses qu'il en tiendra compte pour aider Zack au moment du jugement ?

— Je l'espère de tout cœur, je n'ai aucune autre solution.

Je regarde Adisson se servir un verre d'une bouteille d'alcool qu'il a enfin réussi à trouver. Il l'avale d'une traite et repose le verre sur la table.

— On va y arriver, Ava.

Si seulement je pouvais être aussi rassurée que toi Adisson.

## *Chapitre 11*

Je m'apprête à sortir de l'appartement. C'est enfin le grand jour. Je n'ai pas dormi de la nuit, je n'ai pas arrêté de cogiter, d'imaginer ma vie sans Zack, s'il devait rester en prison. Je me voyais comme une maman célibataire, gérant seule les taches de la vie quotidienne, en alternant ma vie réelle et mes parloirs avec Zack pendant des années. Et à côté de ça, j'imaginais nos retrouvailles, Zack apprenant qu'il allait être père, retrouvant nos petites habitudes. Adisson m'a bien rappelé la veille de porter une tenue assez ample pour que personne ne découvre que j'attends un bébé. On ne veut prendre aucun risque. Que penseraient les juges à l'audience s'ils découvraient que je suis enceinte d'un

homme que je suis censée connaître depuis seulement quelques semaines ? Cela paraitrait trop louche et puis, nous ne sommes plus à un mensonge près.
J'arrive seule devant le tribunal. Adisson m'a envoyé un message pour me prévenir qu'il m'attendrait en bas des nombreuses marches qui nous mènent vers le hall. Comme promis, mon frère est là, il me tend sa main que j'attrape tremblante.
— Sois confiante, ok ?
Je lui souris du mieux que je peux, en levant les yeux vers l'entrée de l'énorme bâtisse. J'aperçois mes parents en compagnie d'Armand montant les dernières marches. Qu'est-ce qu'Armand peut bien faire là ? Enfin, je me doute un peu, il est là parce qu'il est sûr de pouvoir savourer sa victoire face à Zack et son jugement. Je sais qu'il est persuadé que celui qu'il consi-

dère sûrement comme son ennemi va finir sa vie en prison. C'est pour ça même qu'il s'affiche tout sourire aux côtés des personnes qui rentrent dans l'établissement. Armand prend cela pour une cérémonie, une vengeance, je veux juste voir sa tête quand les juges auront délibérément sauvé Zack de cette injustice, si cela arrive.

Je me place au premier rang au côté de mon frère. La salle est remplie de personnes qui n'ont rien à faire ici. Ils sont là, comme s'ils assistaient à une pièce de théâtre, tout ça parce qu'une histoire comme celle-ci n'arrive jamais dans la ville. Alors il faut bien que quelques commères s'invitent pour ébruiter chaque détail du jugement au voisinage.

— Nous allons maintenant entendre l'accusé, monsieur Zackary Sadena.

Je dirige mon regard vers Zack. Il reste droit, il est amaigri. Il porte à son visage encore quelques traces de coup, j'en ai mal au cœur de le voir dans cet état. Le policier qui se tient derrière lui, enlève ses menottes. Zack se masse les poignets et avance vers le juge.

— Monsieur Sadena, avez-vous vécu sous le même toit que Jorge Sadena jusqu'à vos vingt ans ? commence le juge.

— Oui, monsieur le juge.

— Et vous assurez ne pas avoir été au courant de ce que faisait votre père ?

— Oui, monsieur le juge, je n'ai jamais rien vu.

— Vous pouvez quand même imaginer que pour nous, cela est difficile à croire.

— Vous savez monsieur le juge, la relation avec mon père s'est détériorée depuis que ma mère nous a laissés. Il passait son temps soit au travail, soit à boire dans le salon, alors je l'évitais au maximum. Tout ce que je voulais, c'était d'en finir avec mes études et partir loin de lui.

— Etait-il violent avec vous ?

— Quand il m'arrivait de le contredire, oui.

— Mais si vous n'aviez rien à vous reprocher, pourquoi avez-vous disparu ?

— Quand j'ai appris ce que mon père faisait, quand j'ai su que des corps étaient enterrés dans le jardin, j'ai été tellement dérouté, tellement écœuré, je n'ai pas réfléchi, j'ai fui à Londres pour rejoindre un membre de ma famille et recommencer une nouvelle vie.

— Et pourquoi êtes-vous revenu ?

— Je suis revenu pour Ava, c'est vrai. Avant de partir pour Londres, j'ai su son identité et ça m'a trotté dans la tête pendant des années. J'ai voulu la voir, je voulais savoir ce qu'elle était devenue après ce que mon père lui avait fait subir. Je sais que j'aurais pu la sauver, j'aurais dû m'apercevoir de quelque chose…

Sa voix s'éraille de plus en plus, je comprends qu'il est à deux doigts de pleurer, mais je sais qu'il saura se retenir. Il n'est pas du genre à jouer les victimes devant les autres et encore moins, à ce moment précis.

— Et vous êtes tombés amoureux ?

— On ne s'y attendait pas, elle comme moi. Mais oui, nous sommes tombés amoureux l'un de l'autre.

— Pouvez-vous nous raconter votre rencontre ?

— C'était lors d'un mariage. J'ai été embauché comme serveur en extra, et Ava était là. Je ne pensais pas la revoir à ce moment-là, mais j'ai pris sa présence comme un signe du destin. Suite à cela, je lui ai glissé un mot pour que l'on se rencontre dans un café quelques jours après.

— Et vous avez bien sûr dévoilé votre identité à cette occasion ?
— Oui.
Zack assure. Malgré mes yeux brouillés, je regarde chaque personne. Ils ont l'air tous d'y croire, mais rien n'est encore joué.
— Et comment avez-vous reconnu mademoiselle Mary ?
— Elle n'a pas changé. J'ai toujours eu son visage en tête depuis que je suis parti à Londres.

C'est agaçant comme chaque personne en costume devant moi ne montre rien. Je n'arrive pas à savoir s'ils le croient ou s'ils sont totalement indifférents à ce que Zack raconte.
Le juge fait alors un signe de la main envers l'autre accusé :
— Monsieur Jorge Sadena, c'est à vous.

Alors que Zack retourne dans le box des accusés, son père prend place devant l'assemblée.
— Monsieur Sadena, vous avez bien entendu les déclarations de votre fils, ici présent. Affirmez-vous qu'il n'était en aucun cas au courant des séquestrations et des meurtres que vous avez commis ?
Un silence de plomb s'étend dans la salle. Je croise les doigts discrètement, ferme les yeux et prie dans ma tête pour que Jorge soit avec nous et nous vienne en aide.
— Je l'affirme.
Soulagement.
— Vous êtes sûr de vous, monsieur Sadena ?
— Oui, j'ai tout fait seul. J'ai toujours fait en sorte que mon fils ne s'aperçoive de rien. La cave était insonorisée, il ne pouvait en aucun cas découvrir la présence de qui que ce soit.

Plusieurs flashs me reviennent en tête, mon enlèvement, ce camion qui m'a bousculée dans le fossé, mon premier réveil dans la cave, mes discussions avec Zack, la violence de Jorge. Il y a beaucoup trop de souvenirs qui reviennent à la surface. Je dois reprendre le contrôle de mes pensées et me concentrer sur le moment présent. La vie de Zack est en jeu.

— Vous êtes sûr d'avoir protégé votre fils de vos agissements ?

— Je ne le protège plus depuis des années.

— Très bien, annonce le juge en lui faisant signe de repartir dans son box. La cour va délibérer.

Je serre la main de mon frère de toutes mes forces. Mes yeux de nouveaux clos, je n'arrive plus à regarder ce qu'il se passe devant moi, ni même à regarder Zack coincé derrière cette vitre. J'ai peur, tellement peur, tout peut se jouer là, maintenant. Soit celui que j'aime est libéré et nous pourrons reprendre le cours de notre vie ensemble, ou alors il part en prison et je serai obligé d'élever seule cet enfant. Je continuerai de venir le voir au parloir, mais est-ce que je serai capable de vivre comme ça pendant des années ?

— C'est normal que cela soit si long ? demandé-je en me penchant vers mon frère sans même ouvrir les yeux.

— Je sais pas, Ava, dit-il d'une voix douce.

C'est vrai, comment peut-il le savoir ? Lui comme moi ne connaissons rien à la justice. Nous sommes tous les deux perdus, ignorant les arcanes de cet univers.

A la suite de cette question, je me pose dans ma tête. Un bruit de porte se fait entendre de nouveau. Tous reviennent et j'ouvre de nouveau les yeux. Mon cœur bat tellement fort que j'ai

l'impression qu'il est à l'extérieur de mon corps et que tout le monde autour de moi l'entend aussi.
— Monsieur Sadena Zackary, pouvez-vous vous lever, annonce le juge.
Zack s'exécute. Les yeux écarquillés, les mains menottées, il attend la réponse tout autant que moi.
— Compte tenu des déclarations de votre père et au regard des fautes de preuves, la cour a délibéré et vous déclare non-coupable monsieur Zackary Sadena.
Je me retiens de crier de joie. Je pose une main sur ma bouche. Adisson me serre contre lui, heureux lui aussi. J'ose à peine y croire, c'est officiel, mon rêve le plus cher depuis des semaines s'est enfin réalisé.
Je me tourne vers lui, ses yeux pétillants sont fixés sur moi. Je peux lire sur ses lèvres un « je

t'aime » que je lui rends aussitôt. Plus rien autour de moi ne compte, je ne pense plus à mes parents et à Armand qui se trouve dans la salle. J'ignore les mécontentements de certaines personnes. Toujours menotté, Zack se fait emmener par un policier et disparaît derrière cette même porte par laquelle il est rentré deux heures plus tôt.

Mon amour. Mon Zack est libre.

*Point de vue de Zack*

Alors ça y est ? Je suis libre ? Ma tête est remplie d'incompréhension et de questions. Mais il y en a surtout une qui me torture l'esprit. Pourquoi mon père ne m'a-t-il pas balancé ?

Des heures de parloir passées avec l'avocat qu'Ava et Adisson m'ont trouvé, je n'ai jamais douté de son talent mais j'ai toujours été pessimiste de revoir un jour l'extérieur depuis mon embarcation. Je me pensais condamner à vie comme mon père, je me pensais pourrir en prison. Je me pensais surtout devenir vide si Ava m'avait quitté car elle n'aurait pas pu vivre comme ça. Et je n'aurais pas pu lui en vouloir.

Si elle n'avait pas mis fin à notre histoire, je l'aurais fait moi-même à contrecœur. Car c'est comme ça que ça marche l'amour, non ? On ne peut pas obliger la personne qu'on aime à rester si on l'a fait souffrir d'autant si quelqu'un d'autre peut lui offrir mieux ? Je m'étais résolu à tout cela mais apparemment, je suis l'homme le plus chanceux du monde. Je suis libre. Cette phrase est tellement énorme, que je n'arrive même pas à la dire à voix haute. Je lance mon regard vers ma Ava, elle pleure, pleure de joie et moi, je n'arrive pas à le faire. Je me suis tellement retenu de verser des larmes toute ma vie que c'est maintenant intégré en moi. Je suis libre, on va se retrouver, ma Ava.

Dès que je la vois, j'oublie tout, absolument tout. Elle est la lumière de mes jours sombres, un rayon de soleil. Elle est cette chaleur qui fait fondre mes peurs.

# *Chapitre 12*

Zack est enfin là. Cela fait une heure que j'attends en compagnie de mon frère devant la prison. Mon avocat m'a appelé la veille pour m'indiquer l'heure à laquelle Zack serait libéré. Dès que je l'ai vu s'approcher de moi en tenant son sac dans une de ses mains, qu'il a lâché pour me réceptionner dans ses bras, je ne peux m'empêcher de retenir mes larmes de joie. Cette fois-ci, je peux de nouveau le sentir contre moi.
— C'est fini ! Enfin, c'est fini !
J'ai l'impression de revivre ma libération huit ans en arrière à travers la sienne, je ressens les mêmes sensations. Nos lèvres se retrouvent enfin. Nos regards plongés l'un dans l'autre, nous ne faisons même pas attention à mon frère qui

se trouve à quelques mètres de nous. Sans un mot, je prends les mains de Zack pour les poser sur mon ventre arrondi. Il met un peu de temps à comprendre, écarte un peu plus mon manteau pour se rendre compte que je ne suis plus seule maintenant. Ses yeux s'écarquillent d'un coup.

— Mais, tu es enceinte ? me demande-t-il pour être sûr.

— Oui, Zack, tu vas être papa.

Il reste bouche bée, porte une main à sa bouche tout en laissant l'autre sur mon ventre.

— Zack ?

Je n'arrive pas à savoir s'il est heureux de cette annonce. C'est qu'après tout, nous n'avions jamais parlé de fonder une famille.

— Mais c'est génial, je ne m'y attendais pas, s'exclame-t-il avant de me reprendre dans ses bras. Mais depuis quand le sais-tu ?

— Depuis quelques semaines, réponds-je en m'éloignant de lui pour lui faire face.
— Et je n'ai même pas pu être là pour vivre ça avec toi.
Je sens des regrets dans ses yeux.
— Mais il nous reste encore cinq mois pour vivre ça ensemble, dis-je en posant mes mains sur ses joues.
Il dépose des dizaines de baisers sur mes lèvres avant de s'éloigner une nouvelle fois de moi. Adisson lui, nous fait comprendre qu'il fait beaucoup trop froid pour rester une minute de plus dehors.

— Je suis le plus heureux du monde !
Nous nous retrouvons dans le salon, les hommes avec une coupe de champagne en main et moi avec un verre de jus d'orange. J'offre mon plus beau sourire à Zack. Qu'est-ce que

c'est bon de le revoir dans notre appartement ! Depuis mon annonce, il n'arrête pas soit de regarder mon ventre, soit de le toucher, comme s'il avait besoin d'une preuve encore et encore. Je viens d'entamer mon quatrième mois de grossesse. J'ai du mal avec le fait qu'il n'ait pas pu profiter des premiers mois, de ne pas avoir pu lui faire une belle annonce comme j'ai pu en voir sur les réseaux sociaux. Mais je m'enlève ces pensées et me replonge dans l'instant présent. Mon Zack, l'homme de ma vie, le père de mon futur bébé est maintenant libre en partie grâce à celui qui a été ce monstre qui m'a enfermée pendant des mois et je ne pensais même pas être reconnaissante envers lui un jour.

Zack sort de la salle de bain. Il y est resté pendant une heure tant il voulait prendre une véritable douche. Il ne supporte plus cette odeur sur lui qui lui rappelle beaucoup trop la prison.

— Il faut que je te dise quelque chose, lui annoncé-je en ayant peur de sa réaction.

— Tu veux te marier avant que le bébé arrive ? me dit-il sur un ton ironique.

Il continue de se sécher les cheveux à l'aide d'une serviette, ses cheveux ont énormément poussé, il faut que je remédie à ça au plus vite.

— Non, très peu pour moi le mariage, ajouté-je en me retenant de rire.

Je n'ai pas besoin d'un mariage pour être sûre de faire ma vie avec lui. Nous nous aimons, nous avons traversé tellement de choses auxquelles d'autres couples n'auraient probablement pas survécu et nous allons fonder une famille. Je n'ai besoin de rien d'autre.

— Non, c'est à propos de ta maman, dis-je d'une voix douce.

Je sais que ce que m'apprête à lui annoncer ne va pas être facile.

***

— Tu es prêt mon amour ?
Après des heures et des heures de débat, Zack a finalement accepté de laisser une chance à sa mère. Je sais bien que pour lui, cela va être difficile de ressouder les liens après toutes ces années d'absence. Mais après tout ce que nous avons vécu, après tous les obstacles que nous avons traversés, nous pouvons combattre ensemble maintenant, et puis nous avons une raison de plus pour nous battre, qui continue de grandir dans mon ventre.
La veille, nous avons réussi à avoir un rendez-vous chez un gynécologue pour savoir si le bébé allait bien. Jusqu'ici, je n'étais jamais allée voir

un professionnel pour être certaine que mon bébé était en pleine forme. Je ne me sentais pas capable de faire cela sans Zack. Tout va bien pour lui, nous avons fait le choix de garder la surprise pour le sexe jusqu'à la naissance, nous préférons garder le mystère jusqu'au bout.

— Mon frère nous attend en bas, dis-je soudain en regardant le message sur mon téléphone.
Je relève la poignée de ma valise pour la faire rouler jusqu'à l'ascenseur qui bien sûr est réparé au moment de notre départ de l'immeuble. Zack me rejoint après avoir poussé la sienne jusqu'à moi. Je laisse Zack descendre en premier avec les bagages et en profite pour jeter un dernier coup d'œil à l'intérieur de l'appartement vide. Ces quelques mois dans cet endroit ont été riches en émotions, ces murs ont tout vu : des retrouvailles, des disputes, des coeurs brisés,

des larmes, des réconciliations… La gorge nouée, j'éteins la lumière de l'entrée et ferme la porte derrière moi. Même si je n'ai pas vécu longtemps dans cet appartement, il y a eu tellement de souvenirs, que cela me déchire le cœur de me dire que je ne verrai plus cet endroit. Mais une nouvelle vie nous attend ailleurs, sans savoir combien de temps nous allons y rester. C'est une nouvelle aventure pour nous. Je tourne la clé dans la serrure et prend les escaliers pour la dernière fois. C'est une page de plus qui se tourne, pour laisser place au début d'un nouveau chapitre.

Je retrouve mon frère et Zack au pied de ma voiture, le coffre rempli par nos valises. Je ne sais pas ce qui va nous manquer le plus, à Adisson, Zack ou moi.

— Je ne vais pas trop te manquer ? demandé-je à mon frère.

— En sachant que je peux utiliser ta voiture autant de fois que je veux pendant ton absence, je pense que je vais pouvoir y survivre, dit-il en me collant à son étreinte pour mieux faire passer sa blague.

Nous rentrons chacun dans la voiture. Les deux garçons se mettent devant et j'avoue que je ne vais pas me plaindre, j'ai pour moi tous les sièges arrière pour allonger mes jambes et me mettre le plus à l'aise possible. Nous partons dans un autre pays, loin de ma famille, de ma vie. Nous ne savons pas encore si nous resterons en Grèce - le temps pour Zack et sa maman de rétablir un lien - ou si nous y vivrons éternellement. Seul le temps nous le dira. Après tout avec Zack, nous sommes faits pour vivre au jour le jour.

— Si tu vois les parents, tu leur diras où je vais…
— Tu peux aussi leur dire toi-même, me dit-il en lançant un regard derrière moi.
Je me retourne et aperçois mon père et ma mère à l'intérieur de l'aéroport au milieu des passagers qui se dépêchent de trouver leurs vols. Je lance un sourire à Adisson et m'avance vers mes parents.
— Ton frère nous a écrit sur un bout de papier toutes les indications pour ton départ… commence ma mère.
— On aurait mal vécu le fait de ne pas t'avoir dit au revoir, continue mon père.
— Merci d'être là ! dis-je les larmes aux yeux et le sourire jusqu'aux oreilles.
— Nous tenions à nous excuser de notre comportement avant que tu t'en ailles.

Je crois que mon sourire s'élargit en entendant cela. Je me loge dans les bras de mon père, une caresse venant de ma mère sur une de mes joues. Ces gestes tendres avec mes parents m'ont tellement manqué. Je suis à la fois heureuse de les retrouver et triste de les quitter après ces retrouvailles.

— Je voulais vous l'annoncer d'une meilleure manière, commençé-je en m'éloignant de mon père.

J'ouvre mon manteau pour dévoiler mon ventre moulé par mon tee-shirt rentré dans mon pantalon en tissu. J'avais réussi à camoufler au maximum ma grossesse au moment du jugement. Leurs yeux s'écarquillent, ils ont exactement la même réaction qu'Adisson il y a quelques jours.

— Tu, tu es enceinte ? bégaie ma mère.

La réaction de ma mère me perd un peu. Je ne sais pas si elle est sous le choc de devenir grand-mère ou que je sois enceinte d'un autre homme qu'Armand qu'elle apprécie énormément.

— Toutes mes félicitations ! me lâche mon père tout sourire, en déposant un baiser sur mon front.

Je le remercie du regard. Ma mère quant à elle, ne sait pas quoi dire, elle reste stoïque face à moi, je préfère ne pas faire attention. Après tout, après tout ce qui s'est passé, je peux aussi comprendre que tous ces changements, toutes ces annonces puissent la perdre un peu. Je sais qu'il va lui falloir du temps pour accepter que mon couple avec Armand est définitivement mort. Avoir un gendre qui fait le même métier qu'elle, c'était un idéal pour elle, mais Adisson m'a annoncé qu'Armand reprenait ma place au cabinet. Je ne le prends pas mal, loin de là.

— Alors, prête petite sœur ? me demande Adisson en débarquant entre les parents pour poser ses bras sur leurs épaules, toujours aussi détendu.

Je ne pourrai jamais assez remercier mon frère pour le soutien qu'il m'a apporté ces derniers temps. Il s'est battu avec moi pour que Zack puisse être libre, je n'aurais pu tenir le coup sans lui.

Je jette un coup d'œil au grand écran qui annonce les vols, nous pouvons désormais embarquer.

Derrière ma famille, je vois Zack à quelques mètres de nous, seul. Je vais vers lui, il me reste encore quelque chose à faire avant que nous partions. Je veux présenter officiellement Zack à mes parents. Je veux qu'ils sachent que c'est

l'homme avec lequel je veux terminer ma vie, avec qui je veux fonder ma famille, que c'est tout simplement lui.
Je ne veux pas que mes parents aient cette mauvaise image que la police lui a dressée en l'embarquant il y a quelques semaines, celle qu'Armand a fait de lui en balançant sa véritable identité. Je veux qu'il ait cette même image que j'ai de lui, je veux qu'ils apprennent à le connaître comme Adisson, je veux qu'il fasse entièrement partie de la famille.
J'enlace mes doigts aux siens avant de revenir vers mes parents et mon frère.
— Je vous présente Zack, toujours en lui tenant la main et en posant mon regard sur lui, celui que j'aime et le papa de mon futur bébé.
Mon regard oscille entre l'un et l'autre. Après de longues secondes trop silencieuses à mon goût, mon père tend une main vers Zack pour le

saluer. Un énorme frisson s'empare de mon corps, je ne pensais pas qu'un jour, cela arriverait, je l'ai tellement souhaité. Adisson s'approche de mon Zack et lui tape sur l'épaule.

— Prends soin de ma sœur !

— Ne te fais aucun souci pour ça et n'oublie pas, tu es le bienvenu en Grèce. Tu viens quand tu veux, annonce Zack à Adisson.

— Tu ne me le diras pas une seconde fois et en plus, je tiens à connaître mon neveu, s'exclame mon frère en s'approchant de mon ventre. Hein, mon bonhomme ! On va être de grands copains nous deux.

— Et si c'est une fille ? soulevé-je.

— Je suis certain que ça sera un garçon, reprend-il en s'éloignant de mon ventre.

J'enlace une dernière fois mon frère, attrape la main de Zack et nous nous en allons vers la salle d'embarquement.

— Alors, on a deux heures de vol, si on en profitait pour chercher un prénom à cette petite merveille ? m'annonce-t-il à peine assis après avoir rangé mon sac dans le coffre à bagages au-dessus de nous.
— Zack, on a le temps, je ne suis enceinte que de quatre mois et en plus, on ne sait toujours pas si c'est un garçon ou une fille ! dis-je toute heureuse en essayant de le calmer un peu.
— Ce n'est pas grave ça. On a qu'à choisir un prénom féminin et un prénom masculin, comme ça on sera prêt pour la naissance.
Je me sens comblée de le voir ainsi, moi qui avais tellement peur que ce bébé soit prématuré pour lui, pour notre relation.
— Je ne pensais pas que tu serais un papa aussi gaga, dis-je toute souriante de le voir si investi.

— C'est parce que je suis l'homme le plus heureux !
— On revient de loin, dis-je en posant ma tête contre le siège et en caressant mon ventre.
— Il faut qu'on se fasse une raison, on n'est pas fait pour avoir une vie normale. On est destinés à vivre d'aventures, mais je suis sûr que c'est justement grâce à ces aventures qu'on retombe amoureux l'un de l'autre à chaque fois.

Sur cette énième belle déclaration de la part de celui qui fait battre mon cœur, l'avion décolle. Nous sommes parés véritablement à recommencer une nouvelle vie, à ouvrir un nouveau chapitre de notre histoire cette fois-ci plus douce, je l'espère. Nous nous envolons vers notre avenir.

Vous pouvez me retrouver sur instagram :

@INSTACARLIE

Vous pouvez aussi retrouver l'illustratrice de la couverture sur instagram :

@JECRISPARFOIS

DU MÊME AUTEUR :

- **CAPTIVE TOME 1**
- **CAPTIVE TOME 2**

Printed by Amazon Italia Logistica S.r.l.
Torrazza Piemonte (TO), Italy

44595600R00119